ÇA N'A JAMAIS ÉTÉ TOI

De la même auteure :

Le vent du monde, Triptyque, 1987.
L'alcool froid, L'instant même, 1994.
Les yeux grecs, Triptyque, 1996.

DANIELLE DUSSAULT

Ça n'a jamais été toi

nouvelles

L'instant même

Maquette de la couverture : Anne-Marie Guérineau

Illustration de la couverture : Tobie Steinhouse
Un jour à la Guilde, *1993*
Eau-forte et aquatinte (45 cm × 33 cm)
Collection Prêt d'œuvres d'art du Musée du Québec (CP.94.66)
Photographie : Musée du Québec, Jean-Guy Kérouac

Photocomposition : CompoMagny enr.

Distribution pour le Québec : Diffusion Dimedia
539, boulevard Lebeau
Saint-Laurent (Québec) H4N 1S2

Tous droits de traduction, de reproduction et d'adaptation réservés

© Les éditions de L'instant même
865, avenue Moncton
Québec (Québec) G1S 2Y4

Dépôt légal — 3ᵉ trimestre 1996

Données de catalogage avant publication (Canada)

Dussault, Danielle, 1958-

Ça n'a jamais été toi

ISBN 2-921197-77-4

I. Titre.

PS8557.U84C3 1996   C843'.54   C96-940870-6
PS9557.U84C3 1996
PQ3919.2.D88C3 1996

L'auteure a bénéficié d'une bourse du Conseil des Arts et des Lettres du Québec pour la rédaction de ce livre.
L'instant même remercie le Conseil des Arts du Canada et la SODEC du soutien qu'ils apportent à son programme de publication.

Peine perdue

Un beau matin de mars, je suis arrivée en classe avec ma pile de documents sous les bras. J'ai brandi, sous le regard ébahi de mes élèves, le livre que je leur avais prescrit pour la semaine en cours. Armée de mon plus beau sourire et de mes impressions de lecture, je me suis postée devant mon bureau. Jambes croisées, j'ai amorcé mon petit numéro avec une nonchalance feinte. Je leur racontais l'intrigue à ma façon, la parsemant, pour les faire rire, de détails pompeux. Un silence inhabituel s'est installé dans la salle.

Je ne me doutais de rien. Prise par le mouvement du récit, je n'ai rien remarqué de ce regard bleu posé sur moi. Je ne me rendais pas compte des révélations que je faisais et que j'avais réussi à cacher pendant toutes ces années.

Au fur et à mesure que je racontais l'histoire, une autre parole s'interposait à mon insu. L'adolescent écoutait, sans m'entendre, écoutait autre chose que je ne croyais pas dire.

À la fin du cours, un très beau jeune homme s'est approché de moi, m'a adressé un sourire qui était, le ciel m'en est témoin, tout à fait narquois.

Troublée, je suis sortie de la classe à toute vitesse. Je courais dans le couloir. J'avais cette impression étrange, difficile à décrire, qu'une chose épouvantable m'avait rattrapée. J'avais le sentiment qu'il s'agissait d'une vérité à demi cachée qui n'avait jamais fait de mal à personne mais qui, là, demandait des comptes.

La fois suivante, il m'a fallu beaucoup de courage pour me représenter en classe devant ce sourire qui avait paru me deviner. Je craignais de reprendre mes impressions de lecture et d'avoir, une fois de plus, la certitude que je livrais une matière différente de celle que je pensais enseigner.

Ce que j'ignorais, c'est que je racontais mon histoire, celle que j'avais vécue alors que j'étais moi-même étudiante et que, sur toi, je posais mon regard doué de cette intelligence unique que l'on prête au regard de l'amour.

Je ne peux t'expliquer vraiment comment les choses se sont passées alors, car il est toujours difficile de retracer le moment exact où les liens se font, se scellent comme des accords parfaits. Seulement, je me souviens d'avoir été frappée de plein fouet, là, au milieu du cœur, par un après-midi de soleil.

Ça se passait au début des vacances d'été. Ma robe tournait dans le vent. Je revenais chez moi et je compris, précisément à cet instant, qu'en dépit des fuites, je ne parviendrais pas à t'effacer de ma mémoire. Oui, je savais que je n'y arriverais pas. L'entreprise s'avérait inutile en dépit de louables efforts que je soutenais par un orgueil vif et téméraire.

Chaque jour, le jeune homme au regard bleu se rapprochait de moi. Il changeait de place en progressant lentement vers l'avant. Il ne faisait rien de particulier, sauf m'écouter de cette manière un peu vague et lointaine, comme s'il y trouvait un entendement qui continuait de m'échapper. Ses yeux m'observaient insolemment, sondaient mon être.

Les premières paroles qui sortirent de cet être aux yeux bleu acier furent tranchantes, à la fois tendres et rebelles. *Pouvez-*

*vous, madame, m'expliquer de façon plus précise l'intrigue que
vous nous avez racontée en classe ?*

Il aurait fallu voir la jeune fille que j'étais resurgir du passé.
Elle m'apparut clairement en dépit de mes manies d'enseignante
bien intentionnée. Stupéfaite, je ne pus alors qu'entendre le
bruissement léger de papillons qui voletaient autour de mon
cerveau.

La question du jeune homme, bien sûr, n'avait rien d'inno-
cent, elle me ramenait à toi, à cette histoire entre toi et moi.
Cette façon de pencher la tête, de poser une question, en apparence banale, cette manière de regarder droit dans l'âme, ça me
rappelait surtout comment, dès le début, je t'avais aimé en
silence.

Je répondis machinalement à cet élève qui insistait, j'avais
l'esprit ailleurs. Je ne sais pourquoi alors je me revis en train
de t'envoyer un texte illustré. Après les heures de cours, j'y
consacrais tout mon temps. Le récit, faut-il encore se souvenir,
parlait d'un arbre très fort, majestueux, qui discourait dans la
forêt. Les ténébreux propos de cet arbre faisaient perdre la tête
aux fleurs sises autour de lui. La métaphore, bien qu'enfantine,
avait trouvé le chemin de ton cœur. Ce conte, touchant pour sa
naïveté, déclarait tout haut que je t'aimais.

Les yeux bleus plongeaient dans les miens. *Pouvez-vous
nous parler de l'intrigue, madame ?* Quelle politesse inhabi-
tuelle pour un tout jeune homme ! Je sentais, dans cette défé-
rence, une forme de tendresse mêlée d'ironie. Il était difficile
par ailleurs d'établir ce qui, de la tendresse ou de l'ironie,
dominait.

La jeune fille que j'étais restée en dépit des années riait très
fort à l'intérieur de moi. J'étouffais ce rire sous ma voix
d'enseignante qui répétait *mais que voulez-vous savoir au
juste ?*

Il fallait voir la surprise sur mon visage, le sourire défait, les armes brisées. J'entendais surtout ma voix chancelante. J'avais du mal à camoufler mon embarras et mes rougeurs face à ce tout jeune homme qui venait d'ouvrir une porte mal fermée sur mon intrigue personnelle.

Les yeux bleus me dévisageaient, attendaient une réponse. Incapable de murmurer quoi que ce soit, je regardais ma classe, espérant quelque secours de mes élèves. Tout ce que j'entendais alors dans mon pauvre cœur ricanait à grands éclats *coucou, c'est moi ! Dis, est-ce que tu me reconnais ?*

J'avais envie de fuir à toutes jambes. Seule la panique me gardait vissée à ma chaise. Le cours me parut interminable ce jour-là. Je me sauvai en empoignant mes notes et mes livres, je courus dans le couloir... exactement comme autrefois lorsque je me sauvais de toi, de cet amour trop fort pour être supportable. J'ignorais alors que c'était peine perdue.

Tous les après-midi étaient, désormais, ponctués par les visites du jeune cavalier. Il venait me voir dans mon bureau, s'assoyait gentiment sur une chaise. Il poussait l'intolérable jusqu'à m'amener des bandes dessinées qui racontaient des histoires de châteaux perdus où croupissaient des princesses affolées dans des prisons sordides. Ces princesses attendaient, bien sûr, que des chevaliers les délivrassent de leurs tourments et de leurs chaînes.

Il lui arrivait parfois de ne pas venir. Comme ça, sans raison particulière. Je l'attendais malgré moi. Je différais mon retour à la maison, espérant le voir surgir depuis les profondeurs du couloir.

Ce trimestre prenait des allures de commencement alors qu'il s'achevait. Les jours avaient cette saveur d'aventure et de risque. Ils se profilaient comme des univers pleins, remplis d'ombres, de paroles, plusieurs des tiennes me revenant à l'esprit alors que j'avais tenté de les oublier.

Je me retrouvais enfermée dans mon bureau après les cours et j'attendais, chaque fois avec angoisse, la venue des yeux bleus qui m'avaient mise à nu. L'inconscient, peu à peu, me chuchotait ses vérités. Le soir, j'avais commencé à t'écrire une longue lettre. Je l'écrivais comme j'avais écrit toutes les autres, sans jamais te les envoyer.

J'accrochais mon existence à tous ces livres desquels j'espérais beaucoup et qui ne m'avaient apporté qu'illusions. Parfois, la seule idée qui me venait en tête, c'était celle de fuir. La fuite, il me semble, avait toujours été l'orientation de ma vie. Fuir dans le silence, fuir dans l'écriture, fuir dans le refoulement, enfin retrouver autre chose que toi et moi. Mais ce dont je m'éloignais le plus avait fini par me rattraper.

J'ignore comment j'eus l'idée de ce voyage. Mais l'urgence fut telle que je mis seulement quelques minutes à boucler mes valises. J'avais quelques jours devant moi. J'allais partir loin, aller dans un monastère, réfléchir. J'essayais maladivement de m'en convaincre. Je savais que j'avais déjà perdu les pédales, qu'un mécanisme important s'était déréglé en moi, celui de la défense.

La veille de mon départ, je reçus un appel téléphonique de mon jeune ami. Il me déclara son amour et j'en fus complètement effarée. Je dormis peu, ne pensant qu'à fuir. Je reconnaissais cette peur, c'était bien la mienne, depuis toujours je craignais d'affronter la violence de l'amour. Le lendemain, je partis très tôt, le cœur brisé.

Je roulais sur la route. Je traînais peu d'effets personnels ; le plus lourd, mon angoisse, débordait de la voiture. Il neigeait et il fallait se méfier de la chaussée un peu trop glissante.

Je voyais les beaux yeux me poursuivre, un rire de gamin retentissait dans ma tête. Et puis je me revoyais, jeune étudiante, je t'avais déjà accompagné sur cette route, quelques années auparavant. Pourquoi ces souvenirs me revenaient-ils avec autant de force ?

Notre visite à Saint-Benoît est venue hanter ma mémoire. Mon retour en ce lieu de prières m'a de nouveau placée face à ma peur de l'amour. Je revivais cette frayeur que j'avais éprouvée alors que je m'esquivais de la maison pour aller te retrouver. Je me suis souvenue du soir de tempête, de la neige qui fonçait droit sur le pare-brise, des mensonges que je soutenais, du bonheur de me retrouver à tes côtés. Je me suis rappelé aussi la chaleur de tes mains alors que nous étions plongés tous les deux dans cette aventure sans issue.

Très vite, je suis arrivée à Saint-Benoît. Rien n'avait changé. Les années n'avaient pas eu raison de l'architecture, des prières et de mon amour. Je me suis dirigée vers la maison des religieuses. J'y trouvai une dizaine de femmes venues, comme moi, chercher la réparation de leur âme.

Dans cette maison, où les tourments étaient censés prendre congé, une sœur maigre et voûtée m'a accueillie, remplie de muette miséricorde. J'ai lancé une sorte de bonjour qui sonnait faux. La sœur m'a demandé alors de parler moins fort. Puis, elle m'a recommandé d'enlever mes chaussures. J'ai glissé mes pieds dans des pantoufles qui se sont mises à chuchoter sur le parquet ciré et j'ai suivi la sœur dans le petit bureau d'accueil.

Sur la table, j'ai aperçu un billet. Un mot avait été laissé là, à mon intention. Mon nom était étalé, sans pudeur, sur ce billet froissé. Il me semblait qu'il prenait toute la place. Ces lettres m'appelaient si fort que j'en éprouvai de la honte.

J'entends encore les mots feutrés de la sœur qui disait *un jeune homme est venu vous porter ça*. Elle tenait la note au bout de ses doigts. Embarrassée, j'ai arraché le billet et l'ai mis rapidement dans mon sac à main. J'avais couru très loin pour me cacher. Peine perdue. Je ne pouvais plus me dissimuler. Cette sensation, cette gêne (pas celle dans laquelle on se trouve quand on manque d'argent, mais l'autre, celle qui n'a qu'un sens bien québécois et qui ressemble à de la honte) finissait toujours par me donner cet air fantasque et fanfaron que j'affichais lorsque je t'ai revu, pour la première fois, après tant d'années. Rien n'avait changé.

* * *

Je suis assise sur un banc alors que toi, tu surgis du fond de la scène en tenant ton fils par la main. Après tout ce temps, me voici, le cœur battant à tout rompre, le corps pris de secousses, avec cette voix intérieure qui répète *c'est lui, voilà c'est lui !*

Je retrouve cette femme qui est moi et qui te fait un signe, à peine esquissé. Je vois surtout la façon exquise de cette femme de vouloir ressembler à la mademoiselle à qui ça-ne-fait-rien-du-tout. Je me rends compte de tout cela et de bien d'autres choses encore qui m'embarrassent. Cette arrogance à t'aborder, ces défenses toutes personnelles me reviennent encore, alors que toi, visage curieux, moqueur, mais pas vraiment, tendre seulement, si tendre, tu me regardes en disant des paroles qui portent à côté, car vraiment seul ton visage me parle.

Je t'ai vu, remué par un sentiment que j'ignorais chez toi, une chose pourtant que je reconnaissais... la tendresse. J'ignore si c'est la même, après toutes ces années, celle qui me donne envie de pleurer alors que je t'écris cette lettre.

Une fois installée dans la chambre de Saint-Benoît, j'ai repensé à notre rencontre et les yeux bleus sont revenus me harceler. J'ai déplié le message qui m'était adressé. Je me suis jetée sur le lit comme autrefois, alors qu'un certain été tu m'avais envoyé un livre par la poste. Tu dois deviner que je le lus d'un seul coup, parfaitement animée par la voracité d'un désir de déclarations.

Mon jeune ami racontait comment il m'avait retracée. Au hasard d'une balade en voiture, lui était venue l'audace de poursuivre sa route jusqu'ici. Il avait griffonné le billet en hâte, désirant me croiser, mais sans vraiment le vouloir.

Je ne dormis pas de la nuit. Je réussis seulement à voler une heure de sommeil au petit matin. J'eus un rêve prémonitoire.

Je m'étais enfuie en espérant que l'on me retrouve. Je m'isolais, par peur de ma trop grande tendresse. Dans cette pièce où je m'étais réfugiée, on avait ouvert la porte. Sur le seuil, j'ai vu apparaître les yeux bleus. Il souriait, attendant un mot ou un geste de ma part. Je voulais parler ; mais je m'en trouvais incapable. Mon cœur aspirait à s'élancer ; mais il lui manquait des ailes. Mon âme désirait tendre la main ; mais elle désertait les contacts.

Dans le rêve, je contemple le visage de ce jeune homme, lumineux, tranquille, le regard pourtant au défi. Je me lève et je sors de la pièce. Dehors, une bande de compagnons l'attend. Cela me surprend à peine. Je sais que je dois maintenant les diriger quelque part. Mais je ne sais pas où. Je leur dis de me suivre dans le monastère et nous déambulons dans les couloirs. Nous formons ainsi une équipée d'aventuriers inquiets.

Je marchais à l'avant, dans ces longs corridors, les guidant alors que je ne savais pas moi-même dans quelle direction je devais marcher. Puis, j'ai fini par retrouver le couloir qui menait à la chapelle. En ouvrant la porte, j'aperçus le vide devant moi. Il n'y avait plus rien. Une chaîne lourde m'empêcha de tomber.

Au lendemain de ce rêve, je me suis assise pour écrire. L'esprit fatigué par le manque de sommeil, je me suis accoudée à la petite table de ma sobre chambre. La sœur, toujours la même, a cogné à ma porte. *Il y a quelqu'un pour vous à l'entrée, un beau jeune homme,* a-t-elle fait, *il y a vraiment de très beaux jeunes hommes dans votre ville !* Puis, elle s'est éloignée en faisant *chut, chut, chut* avec ses pantoufles sur le parquet ciré. J'ai respiré un bon coup. Mon cœur exultait, tournait en rond dans son nid d'angoisse. J'ai marché jusqu'à l'entrée. Je n'osais croire que j'allais retrouver là mon jeune ami. Il se tenait debout dans l'entrée, arrogant et fier, brandissant à bout de bras sa hardiesse *salut, ça va ?* Je balbutiais des phrases remplies de gratitude ; mon cœur adolescent oubliait de camoufler sa reconnaissance. Personne encore ne m'avait retracée aussi loin dans mes repaires. Ce jeu, toujours le même, *cache-toi pour voir si je te trouverai*, savait ravir la jeune fille que j'étais restée. Je me suis rappelé l'étudiante que j'avais été, moi aussi, et qui s'était aventurée, un soir d'été, jusqu'à ce lieu public pour te retrouver.

Je suis sortie dehors avec ce jeune homme qui avait bravé sa propre angoisse. Ses compagnons d'arme l'attendaient dans une Camaro enneigée, essayant d'engourdir une vague inquiétude en buvant de la bière. Je me suis entendue dire *restons calmes, restons calmes !* La vivacité déconcertante de ma voix m'agaça ; j'étais la personne à convaincre. Je me suis souvenue ainsi de la voix de mon père, tonitruant les mêmes mots, au bout du fil, alors que je m'étais enfuie pour aller te retrouver par soir de tempête. Je me revois penaude, lui expliquant que j'étais partie te rejoindre.

Tout en me rappelant ces choses dans le stationnement enneigé de Saint-Benoît, je tenais la main de mon chevalier errant qui essayait, tant bien que mal, de cacher, à l'intérieur de lui, un petit garçon rempli de tendresse et de désir.

15

Nous avons marché ainsi longtemps et tourné en rond, revenant sur nos pas, refaisant sans cesse le même chemin, les mêmes détours comme il nous arrive si souvent de le faire dans la vie. Les yeux bleus me défiaient, se rapprochaient des miens, disaient *c'est toi que je veux*, tandis qu'une main empoignait mon foulard. Ce geste, je l'avais déjà eu autrefois alors que tu voulais me quitter. Je savais ce qu'il contenait de rage, d'impuissance à dire la trop grande tendresse d'une jeunesse qui s'épuisait. J'ai tenu mon compagnon, mon frère, mon élève dans mes bras en pleurant et en me demandant, surtout, jusqu'où je pouvais faire basculer les limites.

Nous sommes revenus ensemble vers la Camaro où attendaient ses compagnons, prêts à repartir depuis longtemps. Le rêve que j'avais fait la veille vint à ma rescousse. Il m'inspirait une conduite. Je n'ai pu alors m'empêcher de leur lancer *les gars vous ne vous êtes pas déplacés pour rien, vous allez voir ce que vous allez voir ! Sortez de la voiture ! Nous allons à l'office !* Inquiets, ils ont d'abord refusé puis ricané. À force d'insistance, ils ont déposé leur bière et m'ont suivie sur les parquets cirés de l'abbaye, tourmentés par la recherche d'identité qui les tenaillait tous.

Pendant une solennelle demi-heure, nous avons écouté les moines réciter leurs litanies. J'écoutais le chant de ces hommes au crâne rasé, invoquant leur père du ciel. Soudain, toute différence entre nous était abolie. Car là, dans cette chapelle, je ne distinguais plus vraiment l'écart entre ces hommes de Dieu et les adolescents nerveux qui chahutaient dans les bancs. Tous, ils en appelaient au père qui leur avait fait défaut. Chacun, à sa façon, demandait dans son cœur : *père, pourquoi m'as-tu abandonné ?* Pour seule réponse, le chant tranquille qui s'élevait, la sobre croix à peine illuminée, le chuchotement des sœurs, le silence malaisé des hébergés... et ces yeux bleus, tout près de moi. Je me laissai imprégner par le respectueux silence de celui qui cherchait encore son chemin. Je retenais mon souffle et restais immobile.

Toutes ces choses, tu les as sues bien avant moi. C'était à mon tour maintenant de les reconnaître. Cette fois, je savais ce qu'il m'en coûtait d'être solidaire sans broncher. Car toi aussi, un jour, je le sais à présent, tu avais dû me laisser partir sans dire un mot.

Une fois la dernière prière offerte, nos regards se posèrent sur les moines qui désertaient le chœur. Je me dirigeai vers la sortie, mon jeune ami me suivit. J'ouvris la porte. J'aperçus le vide devant moi, il n'y avait plus rien. Cette fois, la chaîne lourde ne m'empêcha pas de basculer.

La conversion

S a décision était prise. Elle n'allait pas perdre patience. Cela seul importait désormais. Elle avancerait lentement, traverserait le pont au rythme imposé par la circulation, devenue tellement dense que les voitures s'entassaient les unes derrière les autres dans un concert de klaxons aigus. La chaleur de l'après-midi tombait platement sur les carrosseries lumineuses, la chaleur fatigante esquintait toute maîtrise de soi-même. Renoncer à contrôler la situation constituait un exercice de taille. Autour de Michelle, les automobilistes s'épongeaient le front, se mouchaient très fort, le son de la radio explosait sauvagement, entrecoupé d'annonces multiples que vociféraient des animateurs débordant d'un enthousiasme malsain. Une mouche s'affolait dans un angle du pare-brise arrière ; Michelle écouta les virevoltes de l'insecte qui s'impatientait à vouloir trouver une voie de sortie. Michelle avait baissé toutes les vitres, mais la mouche, on l'aurait crue humaine, s'acharnait à tourner en rond, inlassablement en rond.

À travers ce tintamarre, Michelle entendait de la musique, c'était un classique de Radio-Canada. Bien qu'elle jouât imperceptiblement, cette musique prenait ici tout son sens dans l'air oscillant de juillet. Il s'agissait d'un Prélude de Bach, un air que tout le monde connaissait, mais que personne ne parvenait à nommer exactement. Une sorte de bonheur intolérable atteignit Michelle en plein centre d'elle-même. Elle cessa de bouger, parvint à rester immobile, savourant l'invisible. Les voitures avançaient maintenant avec une lenteur désolante, pare-choc à pare-choc, millimètre par millimètre, tout semblait s'être arrêté là, en cet après-midi de juillet. Tous se voyaient obligés de différer, de retarder l'événement, le rendez-vous prochain, la suite logique de l'existence qu'ils s'étaient imaginée ou même fixée. Michelle consulta sa montre pour bien reconnaître le présent ; elle regarda les chiffres d'un air vague, puis s'attarda mollement sur l'horizon sinueux. La ville se dessinait à travers la chaleur montante et brumeuse ; elle laissait entrevoir de grandes promesses. Michelle pensa à la rencontre qui se préparait, elle en ressentit alors une grande joie.

Cette suspension dans le temps lui permettait de savourer son attente et ses rêves. Elle les retrouvait là où elle les avait laissés, loin derrière. Depuis longtemps, loin derrière, des rêves flottant dans des zones de bonheur oublié et de souvenirs détruits. Elle eut envie soudain d'écrire une lettre. *Michelle, Michelle*, quelqu'un chantait son nom si doucement lorsqu'elle était toute petite, mais elle ne se souvenait pas de qui. S'agissait-il de son père ? Ou du frère qu'elle aimait tant ? Elle ne pouvait le dire. Des bateaux comme de minuscules châteaux sillonnaient le large, l'air salin se traçait une voie dans l'atmosphère chaude, elle pensait à un homme, à son visage qu'il lui tardait de revoir, elle attendrait. Elle attendrait comme jamais encore elle n'avait su attendre. Une fois seulement, ça lui était arrivé après l'école. Très tard, jusque dans la nuit, elle avait attendu celui qu'elle aimait. Elle avait soutenu pendant de longues heures tout ce qu'elle savait porter de patience en elle, puis à un moment donné, elle avait craqué. Elle était repartie sans même l'avoir vu. Cette chose en son cœur trop profond, cette chose qui l'avait rendue, elle, Michelle, douée d'attente, cette chose-là lui avait alors fait défaut. Elle s'était sauvée.

En voyant les bateaux, elle imagina qu'ils transportaient des princesses abandonnées par des chevaliers, des princesses venues se consoler auprès de vieux messieurs remplis d'argent, des hommes qui avaient maintes fois écouté le chant des sirènes et chassé le gibier potentiel et à qui, soudain, advenait la tendresse. Elle pensa encore à toutes ces princesses détrônées de leur candeur devant lesquelles des princes jeunes et beaux s'étaient désistés. Repartis les princes, tous repartis pour un monde meilleur. Ils avaient dévié, au bout de quelques kilomètres, sans avoir tenté l'impossible. Les princesses, ainsi délaissées, avaient flirté avec des ivrognes, des marins de passage, des hommes échoués dans des bars, ces sortes de bras invisibles qui essayaient d'inventer la tendresse. Toutes ces femmes, une à une, avaient frayé avec des hommes habités par des rêves et des espoirs qu'ils ne supportaient plus.

Michelle avait déjà été une princesse. Puis était devenue une princesse oubliée. Elle s'était jetée, comme les autres princesses, dans des bras de fortune. Elle avait émietté son âme, son corps, pouce par pouce, avait tout jeté, jusqu'au dernier morceau afin qu'il ne reste plus rien de sa muette prière d'aimer. Michelle. Cette maladie qu'elle avait essayé de leur cacher à tous. L'amour.

Les voitures n'avançaient plus du tout. Michelle fut happée par l'étrangeté de ce bonheur qu'elle devait aujourd'hui retarder. Happée. Elle espérait maintenant et demain encore. Elle attendrait de tout lui donner d'elle-même, de ses miettes, morceau par morceau, idéalement tout le corps et les prières, tous ces riens dont les rêves sont faits lorsqu'ils sont vraiment beaux. Une fois de plus, elle eut envie d'écrire.

Dans la voiture d'à côté, un couple trouvait l'occasion idéale pour se chicaner. La femme reprochait à l'homme de ne jamais lui parler. L'homme ne répondait pas, ce qui donnait encore plus de poids aux propos de la femme. L'homme changeait les postes à la radio. Les musiques et les annonces se succédaient à une vitesse maladive, la musique ne laissant que l'occasion furtive d'une ou deux mesures puis hop ! les publicités qui surgissaient, se répandant en formules elliptiques qui faisaient tomber à plat les promesses. Michelle ne se sentait pas concernée. Un enfant pleurait dans la voiture arrière, il demandait quelque chose à sa mère qui le lui refusait catégoriquement, visage fermé, par crainte de ne plus jamais savoir refuser quoi que ce soit à cet enfant. Un homme injuriait un autre homme qui, lui, avait envie d'insulter l'homme qui le précédait, parce qu'il était étranger et qu'il n'avançait pas quand c'était le temps. Bras sorti, il hochait la tête avec rage, l'impatience le rendant remarquablement authentique surtout pendant que sa femme essayait de le raisonner. En détournant la tête, Michelle vit un homme qui se pourléchait les lèvres lascivement, l'invitant à je-ne-sais-quoi, d'une langue sans couleur ; elle le regarda droit dans les yeux avec une infinie commisération.

Les voitures, ainsi rapprochées, réduisaient les hommes, les femmes et les enfants à une intimité forcée, une intimité désobligeante qui n'admettait plus le mensonge. Michelle songeait à son frère. Il lui venait au cœur une bouffée d'amour qui la surprit. Elle pensa aussi au retard, au rendez-vous qu'elle était en train de manquer, à l'homme qu'elle devait rejoindre. Elle craignait qu'il reparte de l'endroit où il l'attendait peut-être, elle pensait qu'il pouvait se tourner vers une autre femme dans cet espace de désœuvrement, mais surtout Michelle savait,

et c'est sans doute ce qui la chavirait, que cet homme reviendrait, cet homme-là reviendrait toujours.

Cela s'était décidé ainsi dès les premiers instants. Celui-là,
elle ne le perdrait pas. Michelle ignorait tout de la tournure
qu'allait prendre cette aventure, elle ignorait tout, sauf le fait
qu'elle n'allait pas le perdre. Et, dans cette ardente imagina-
tion, elle ne savait plus vraiment qui d'elle ou de lui attendait
l'autre. Aussi, en plein cœur de juillet, appréciait-elle cet instant
si précieux que jamais encore elle n'avait su goûter. Au loin,
elle pouvait apercevoir la grande roue d'un cirque installé à
quelques kilomètres du pont. La grande roue tournait, laissant
échapper les cris du vertige, les cris d'amour qui se perdaient
dans l'hébétude des jours.

Elle se revit alors petite fille amoureuse d'un grand garçon
adolescent. Ils avaient été au cirque et il lui avait offert un tour
dans la grande roue. Elle avait l'âme innocente, gonflée d'une
confiance superbe, elle courait sur le gravier aux côtés du garçon, elle courait en l'appelant par son prénom, ravie, elle volait,
toute sécurité déployée au fond d'elle-même. Il tenait sa main.
Une fois enfermée dans la cabine de la grande roue, son cœur
s'était fendu. La roue tournait, la cabine aussi, tout s'était mis
à tourner et à tourner ; elle ne criait pas, la peur collée au ventre ;
elle suppliait l'adolescent d'arrêter, il était trop tard, la roue
était en marche.

Après le tour de manège, plus rien n'avait été pareil. La
vie, la confiance, toute conviction allaient désormais devoir se
confectionner au fil des jours. Quand le garçon l'avait rame-
née aux parents qui l'attendaient près de la petite roulotte à
patates frites, elle ne les reconnut même pas. Elle avait
longtemps gardé le silence par la suite et, ce silence, comme
une prison, ce silence l'avait écrasée. Elle pensait à cela, à la
peur de ne plus jamais compter pour un homme qui l'emmènerait

hors de ce silence. Elle pleurait et des sanglots doux, depuis longtemps étouffés, surgissaient de son enfance, montaient jusque par-dessus le fleuve, les sanglots appelaient l'homme qu'elle devait rejoindre, elle lui demandait intérieurement *attends-moi, attends-moi, j'arrive, attends-moi !*

Le vent montait, il avait commencé de pleuvoir, les automobilistes appuyaient sur les boutons électriques. Vitres refermées, les voitures reprenaient possession des êtres. Michelle n'eut pas le temps de relever sa vitre, son bras mouillé tenta vainement de rattraper le foulard rouge que le vent lui avait sournoisement enlevé. Le foulard voltigea à travers les barreaux du pont, voltigea longtemps comme un cerf-volant, puis il échoua sur les eaux du fleuve. Michelle le regarda s'éloigner comme une partie d'elle-même, une forme de message d'amour, un secret, un appel. Le foulard devint rapidement un minuscule point rouge, puis disparut complètement. Michelle eut envie de quitter sa voiture et de marcher sous la pluie. Elle n'avait plus qu'une seule envie : le rejoindre. Elle marchait avec la suprême conviction qu'il l'avait attendue. Elle essayait de ne pas courir, il ne fallait surtout pas perdre patience ni s'affoler. Son corps avançait tout droit comme une belle décision, elle courait presque, mais pas tout à fait, elle voyait ses pieds qui la menaient, elle voyait la route et le pont qu'elle traversait, elle voyait sa vie noyée derrière, elle riait tout à coup, elle riait, parce que soudain Michelle se sentait libre.

Quand elle le reconnut au bout du pont, d'abord elle n'en crut rien, puis elle dut se rendre à l'évidence, c'était bel et bien lui. Au fur et à mesure qu'elle se rapprochait, elle vit qu'il tenait entre ses mains cette chose étrange et humide, couleur coquelicot. Une odeur de bonbon parfumé s'en dégageait. Michelle ne connaissait pas la suite des événements, elle n'en avait jamais rien su. Toutefois, elle comprit qu'il l'avait attendue, alors elle sut qu'elle resterait auprès de lui. Tous les deux se trouvaient maintenant de l'autre côté du pont. Elle glissa sa main dans la sienne et, très lentement, ils se mirent à marcher. À ce moment précis, la ville, telle qu'elle se l'était imaginée, lui parut encore très loin.

Ne pleure surtout pas

J'ai eu trente ans hier. La plupart de mes amis prétendent que je ne les fais pas, mais moi, je sais qu'ils mentent. Chaque fois qu'on me heurte dans les magasins ou dans la rue, on me dit *excusez-moi, madame.* Alors je dois bien admettre que l'inévitable s'est emparé de mes traits, de mon corps et même de ma voix, qui n'est plus, qui ne sera jamais plus, celle d'une toute jeune fille. J'ai perdu ce côté adolescent qui faisait que les hommes se retournaient sur mon passage, la naïveté du sourire à laquelle leur regard s'arrimait sans vergogne, cette naïveté-là est disparue.

J'ai eu trente ans hier. C'est un âge ordinaire en soi, je sais bien. Mais la perception que j'en ai s'alourdit d'un souvenir particulier, un souvenir rugueux comme une pierre que le temps n'a pas encore eu la force de patiner.

C'était mon professeur. Un matin de décembre on l'a retrouvé mort dans son petit appartement, rue de La Havane. Aucune note. Rien. Il avait trente ans.

Si je choisis de t'écrire aujourd'hui, je crois bien que ce n'est pas par pur hasard. Il ne me reste plus aucun moyen de te fuir ni même de t'éviter. Il m'est désormais impossible d'avoir recours aux subterfuges que d'ordinaire j'utilise pour ne pas

27

avoir à en répondre. Tout n'a toujours été entre toi et moi que faux-fuyants, prétextes et colères ravalées. Je me souviens de tes larmes gonflées de reproches le matin où tu as découvert ma lettre, celle que j'adressais à ce professeur que j'aimais.

Je peux bien te le dire maintenant, puisqu'il est mort, et que ça ne sert plus à rien, je me souviens surtout de ta colère devant ces aveux, cet amour tout étalé dans ses candides déclarations, ta colère à peine contenue, la vérité de ton visage qui professait de muettes insultes. Tu as dit, j'entends encore tes paroles amères, tu as dit d'un seul souffle que la trahison avait fini par me gagner.

Jamais je n'ai eu le courage par la suite de lui envoyer ma lettre ni même de la terminer. J'ai appris quelques jours plus tard qu'il était mort. Hier seulement, j'ai pu terminer cette lettre, hier encore, j'ai eu trente ans.

Je me suis souvenue de mes quinze ans, de mes fuites dans l'écriture, de mes secrets transcrits soigneusement dans mes cahiers, je me suis rappelé toutes ces choses insignifiantes que je tentais de soustraire à ta vigilance.

Encore aujourd'hui, j'essaie de te jeter avec parcimonie toutes ces révélations qu'une fille ne doit pas écrire à sa mère, mais simplement retenir avec toute la douceur et la prudence qui font si naturellement partie de son être. J'essaie une fois de plus de te ménager, par peur de te déplaire, toi, la reine, la plus importante, celle à qui j'ai obéi toute ma vie.

Alors que je t'écris cette lettre, je sais que vibre en toi déjà ce fil invisible, tu vois, à peu près comme une corde que j'aurais enroulée autour de mon doigt et qui me relierait à ton cœur contre ma volonté, un fil que personne ne peut voir, mais qui m'enchaîne à toi, qui m'emprisonne. Je dois te le dire tout de suite, maman, c'est devenu urgent, mon doigt est complètement bleu, et il me faut agir, faire quelque chose maintenant, là, tout de suite, par exemple couper, oui, maman, couper la corde.

Ainsi, vois-tu, hier j'ai décidé de terminer la lettre adressée à celui que j'aimais, et aujourd'hui je t'écris ces choses que jamais encore je ne suis parvenue à te dire. Tu ne sauras plus rien une fois ce fil rompu, tu ignoreras ce que je ressens et n'en souffriras plus. D'ailleurs, tu ne sais déjà plus rien, puisqu'il est coupé maman ce fil, coupé. Tu ne pourras plus éprouver cette inquiétude qui te fait prendre le téléphone, qui te pousse à composer le numéro et à faire retentir cette sonnerie provocante, hurlante à la manière d'une sirène qui répète interminablement *répondez-moi c'est urgent, je vous en prie répondez.* Cette sonnerie, maman, je la reconnais entre toutes et, même si l'appareil émet théoriquement le même son chaque fois qu'il retentit, cette sonnerie, celle qui te caractérise, a l'âme de l'urgence et de la peur.

Il me faut t'avouer maintenant que je t'ai déjà surprise une fois au téléphone avec une amie, tu pleurais, disant avec rage que tu étais si vulnérable qu'il te fallait absolument empêcher tes enfants de l'être. J'écoutais ta voix brisée, une voix différente de celle que je te connaissais, ronde, assurée, dominatrice. Cet aveu j'aurais voulu te l'arracher au lieu de me heurter continuellement à ton orgueil de femme au contrôle parfait, cet aveu j'aurais tant voulu que tu me le cries à tue-tête. Mais je me laissais dominer par ta voix chargée de sous-entendus, ta voix toujours aux aguets lorsque tu te trouvais terrassée par la peur même de te laisser aimer.

Je vois des larmes couler sur ta joue, tu ne dis rien, tu respires difficilement, tu pleures, maman, je vois bien, mais je dois continuer à te parler comme si ces larmes n'avaient jamais existé, comme si elles ne m'avaient jamais empêchée de parler, je suis celle qui parle aujourd'hui et je le serai jusqu'au bout.

Je vais vivre, maman. Demain je pars. Ma décision est prise. Je m'en vais rejoindre un homme, un pays, un continent. Essaie d'imaginer une certitude plane, linéaire, sans failles. Je ne reculerai pas. Il te faudra résister à l'envie de m'appeler pour me dire *as-tu pensé à l'attente que te réserve la vie auprès d'un homme, à l'interminable attente quand, jour après jour, lentement, mais assurément, il s'éloignera peu à peu de toi... As-tu pensé à l'amour qui t'assassinera et te déchiquettera au fil de ces attentes... As-tu pensé ?*

Il faut que tu le saches tout de suite, maman, au risque même de te causer du chagrin, je vais plutôt m'attribuer la jouissance d'assassiner mes craintes et de déchiqueter mes peurs. De surcroît, sache que je ne suis plus une fille, mais une femme, et que je suis restée très belle. C'est un malheur, je le sais, mais je vais tenter d'y survivre en portant demain ma robe bleue, cette robe si provocante que jamais je n'osais porter.

Ne dis rien. Personne, désormais, ne doit se méprendre sur mon compte, je suis une femme, tu comprends, j'ai eu trente ans hier et j'ai envie de célébrer. Je ne peux plus continuer à faire semblant d'être celle que je n'ai jamais été, j'ai une telle envie de vivre, de respirer l'air à pleins poumons et d'aller jusqu'au bout. Oui, maman, les portes, sans exception aucune, toutes ouvertes. Tu comprends, si on veut qu'il nous arrive quelque chose, c'est plus facile. Alors inutile d'essayer de me retenir, de pleurer ou de me traiter de mauvaise fille, c'est peine perdue, car je serai déjà partie quand tu recevras cette lettre.

Je vais avoir du bon temps, maman, ne t'inquiète pas, ne te fais pas trop de soucis. Oublie-moi ! Celle dont tu as rêvé, la petite fille sage, obéissante, gentille, parfaite, oublie-la, elle est morte, maman. Morte, je te dis. Froide, insensible je suis devenue aux larmes de qui me reproche de trop vivre. Je suis bien décidée à mordre dans cette vie qui m'emmènera au large.

Ne pleure surtout pas

Je t'embrasse, maman, sois sage, occupe-toi bien du jardin, ne m'attends pas ce soir comme à l'habitude et surtout ne pleure pas, ne pleure surtout pas.

Ensemble en dépit des apparences

I l était question d'éclairage diffus et d'un verre de vin blanc. Cette offre, tu la lui as faite devant tout le monde, brisant ainsi le tranquille égarement de la soirée. L'invitation lui est ainsi parvenue à travers un dédale de sourires et de compréhension muette. Elle a rougi, non pas tant à cause de l'arrogante fierté avec laquelle ton regard la défiait, mais surtout parce que, se croyant à l'abri d'elle-même, tu la poussais à devenir la femme qu'elle oubliait d'être.

Elle a d'abord refusé. Catégoriquement. Puis s'est mise à parler très vite pour masquer sa nervosité. Tu continuais de sourire ; tu parlais avec lenteur pour te donner contenance. Soudain, le silence s'est installé, s'est fait criant devant tout le monde, *vous voilà nus, vous voilà nus*. C'est ce que disait le silence. *Jalousie*, vous a-t-on murmuré, vous la suscitiez. Tu la regardais sans comprendre. Il y avait cette chose à laquelle elle aurait voulu se soustraire sans qu'il y ait de déchirements. Tu te déclarais impénétrable. Tu disais qu'on ne pouvait plus accéder dans la région du cœur, là où toute chose prenait un sens. Tu la défaisais.

Les choses auraient sans doute été plus simples si elles s'étaient passées ailleurs, en d'autres circonstances. Pourtant, rien encore ne vous avait rapprochés. La musique un peu trop forte, les autres qui constamment vous séparaient, installant entre vous des limites confortables, rien ne pouvait laisser prévoir. Mais elle savait qu'au détour d'une soirée, d'un accident de parcours, d'un hasard, elle et toi...

Elle reconnaissait en toi cette jeunesse, un sentiment de brève éternité qui te collait à la peau quand, par les soirs de fête, tu chantais à tue-tête. Elle entendait ta voix et elle savait déjà que tu chercherais la femme, que tu en séduirais plusieurs sans jamais la trouver, elle. Ta voix racontait tout cela sans le savoir. Cette femme devinait que tu étais malheureux. Elle gardait le silence sur toutes ces choses qu'elle devinait chez toi ; c'était sa façon à elle d'aimer. La nuit surtout, elle avait la connaissance de tes replis. Elle te voyait au bout des rêves, cherchant à maîtriser l'inquiétant appel, elle assistait à l'inabordable en toi qui se brisait en mille morceaux, explosant de cette envie d'aimer.

Quand elle t'apercevait dans la rue ou dans un couloir, elle devinait cela et bien d'autres réserves encore. Elle observait tes ruses mêlées de défenses, les faux sourires cachant une violence d'aimer, la lenteur calculée des gestes que l'on retient. Elle se rapprochait de plus en plus, allait percer ton secret. Elle s'emparait de tes yeux et de tes aventures nocturnes. Tu as eu peur tout à coup. Tu t'es mis à vouloir oublier.

Vous ne saviez pas. Elle et toi n'avez jamais su comment. Toi, tu restais là, les bras ballants, à court de cigarettes pour te donner du courage. Elle, avec un sourire au bord des larmes, un sourire qui tremblait dans une tendresse mal camouflée, te laissait partir. Elle se taisait tandis que tu sifflotais un air. Le cœur méconnaissable s'éparpillait par miettes autour de vous. Vous feigniez de n'en rien voir tandis que vos masques se défaisaient.

34

Elle t'avait atteint. Elle en était certaine maintenant puisque tu ne l'appelais plus. Sa mission avait été remplie. Il ne lui restait plus qu'à te faire parvenir cette lettre.

Lumières sur ma vie

Q uand, pour la première fois, je vous ai aperçu, vous aviez cet air distant, lointain, cet air de protection qu'on adopte souvent dans les salles d'attente. Je me suis dit *tiens, voilà un homme*. Vous vous taisiez, assis sur ce fauteuil, posté à l'écart des autres, de moi qui vous observais. J'essayais de m'imaginer en train de vous émouvoir. Je me demandais si vous pouviez être ému par la présence d'une femme.

Lorsque je vous ai vu entrer, était-ce votre apparente froideur ou encore, cette façon de ne porter aucune attention aux regards que je vous jetais, j'ai eu envie de vous connaître. Je suis restée ainsi, prise par vous, votre ennui auprès de moi, vos yeux qui cherchaient un visage. Je me suis plu alors à cultiver la certitude de vous avoir déjà croisé quelque part. Je ne cessais de me répéter *un homme, là, apparemment froid, inconscient du fait qu'une femme l'observe et rêve de l'émouvoir.*

Votre visage se tournait vers le mur, vous attendiez, désœuvré. Je vous trouvais beau à travers cet instant où vous n'aviez à convaincre personne; ce moment d'abandon, parmi des inconnus, vous rendait différent de l'image que vous projetiez.

J'aimais pourtant cette image de vous. Elle s'ennuyait cette image de vous, seul. Il y avait un fossé entre l'homme qui parlait devant la foule et celui qui s'assoyait, là devant moi, sur ce fauteuil fatigué. Cette distance des hommes, cet éloignement qui semble toujours dominer en eux, cette distance-là, j'ignore pourquoi, je la désirais.

J'étais maintenant convaincue de vous avoir déjà vu au détour d'une rue ou dans un train, peut-être même dans un lieu public. En dépit d'une rencontre qui n'avait peut-être, au fond, jamais eu lieu, je vous connaissais et tenais absolument à cette connaissance de vous. Aussi, la seule question qui me venait à l'esprit, c'était celle-là : *cet homme peut-il être ému par la présence d'une femme ?*

Cette grande soirée dans le monde nous avait mis en présence l'un de l'autre. Elle m'avait permis de vous trouver ainsi, au centre de votre solitude, en pleine foule. Nous faisions partie du même spectacle, de ce genre d'animation montée de toutes pièces. Nous attendions l'hôtesse de la soirée pour retourner sur la scène. Quand elle est venue nous chercher, vous vous êtes levé promptement. Déjà l'homme public refaisait surface. Sans réfléchir, nous sommes allés l'un vers l'autre, comme deux corps qui obéissent à leur propre loi, inconscients du désir. J'ai dû vous adresser une moquerie pour cacher ma timidité.

Je ne sais trop bien comment j'y suis parvenue, parfois les choses belles arrivent simplement, mais voilà, tout à coup, ma main a glissé dans la vôtre. Vous avez tenu ma main comme si j'avais été votre amie, votre femme. J'avais ce bonheur : me trouver à vos côtés. Appuyée contre vous, je faisais face aux lumières de cette scène, leur lourde distraction. J'oubliais ainsi les applaudissements et le regard de mon père.

Quelque chose en moi avait bougé. Le spectacle terminé, nous nous sommes séparés. J'ai tenté, par la suite, de vous retracer en dépit de la foule.

Dans la grande salle, où la plupart des invités s'étaient rassemblés, j'ai traversé des îlots de personnes pour vous retrouver. J'ai aperçu mes parents et je me suis approchée d'eux. Je suis restée surprise de les voir là, bavardant tranquillement avec vous.

Je me suis hissée à vos côtés et je suis restée silencieuse parce que, soudain, il n'y avait plus rien à dire. Puis la parole s'est déliée, je déballais les centaines de questions que j'avais envie de vous poser.

Il y a eu l'étonnement d'abord, de me sentir en dehors du jeu de la séduction, ensuite la pénétrante inquiétude de nos regards, votre visage d'homme seul, je me souviens de tout cela, de ces détails qui font partie d'une rencontre entre un homme et une femme.

Soudain, nous étions en train d'avoir une conversation, mais pas de celles d'usage, polies et sans conséquence grave, c'était plutôt un échange qui allait au-delà de lui-même, au-delà de vous et moi.

Vous m'avez parlé de cette maladie, vous souvenez-vous ? À voix basse, vous disiez *elle m'a atteint*. Puis vous m'avez confié que cette souffrance vous avait révélé le chemin de l'écriture ; vous vous êtes mis à écrire alors que vous étiez malade. Vous avez dit encore *la souffrance, celle des hommes seuls, des amours qui se brisent, la mort*.

J'aurais voulu vous aimer, là, devant cette foule, en dépit des convenances et des gens, malgré les bavardages, en dépit de la mort. Notre conversation, à peine entamée, s'est terminée brusquement au moment où une jeune femme est arrivée. Elle vous a d'abord regardé, puis ses yeux se sont arrêtés sur moi. Ces regards ont duré quelques secondes. Elle disait *il faut y aller*. Nous nous sommes quittés sans même un mot ou un geste.

Ça n'a jamais été toi

Je suis restée sous le choc, le désir n'avait pas eu le temps de vivre son cours. Je voulais vous revoir.

Durant la soirée, des fragments d'information se sont ajoutés ; des impressions livrées par d'autres gens qui vous avaient parlé. Je les entendais murmurer à voix basse au sujet de la maladie, celle de la mort que vous côtoyiez tous les jours. Certains disaient *il a failli en mourir*. Je me nourrissais de ces quelques éléments d'histoire à votre sujet.

Dans le journal du lendemain, une photo témoignait de ce moment. Le cliché, plus ou moins clair, affichait une chose : le bonheur, celui qui me faisait un sourire radieux, débordant... j'étais manifestement ravie de me trouver à vos côtés.

* * *

Quelques jours plus tard, j'ai acheté votre livre. Chaque soir, après avoir lu votre témoignage, il régnait un grand silence. Des pensées invisibles s'envolaient de moi à vous. Elles se dirigeaient, dans la nuit, à la manière des oiseaux qui suivent leur destination par instinct. J'avais ce désir : vous revoir. Mon esprit vous accompagnait dans ce Québec trop grand et pourtant si petit. Je vous ai imaginé, cavalier seul auprès de la mort, avec cette compassion qui s'éveille par les pluies de novembre comme par les jours de lumière. J'ai commencé à vous écrire.

Au début, c'était des mots gribouillés sur des feuilles qui s'éparpillaient dans un tiroir. Sur ces feuillets, je me cachais derrière un style enveloppé, hésitant encore à me révéler. Je reconnaissais bien cette forme d'émotion que je dissimulais pour ne rien brusquer. Puis, un soir, installée sur ma galerie, j'ai commencé à vous écrire véritablement. C'est à ce moment précis, des mots qui s'ouvraient, que la vie s'est mise à bouger.

40

Tandis que le vent soufflait, les feuilles s'envolaient une à une. J'ai couru pour les rattraper et les ai maintenues avec la force de mon bras. Le soir tombait, oui, vous étiez loin, et le soir tombait. J'ai compris alors que cette lettre disait clairement *je vous appelle*. La nuit qui venait rendait ce cri plus vivant, plus palpable encore.

Je suis allée chercher une lampe afin de relire ce que ma main vous racontait avec autant de peine. Un grand coup de vent, cette fois, a balayé toutes les feuilles et la lampe s'est cassée. J'ai souri devant ma consternation, votre visage sur la photo continuait de vivre. Soudain, je me suis sentie embarrassée par la volonté de vous faire connaître mon existence. Je me suis dit, pour me consoler de votre absence, qu'un homme n'avait pas toujours besoin de découvrir la marque qu'il laissait sur une femme pour vivre. Je savais que j'avais tort, qu'une lettre, une seule, pouvait illuminer votre âme.

Je vous écris pour vous trouver dans ce lieu discret de votre être, là où vous n'attendez plus personne. Quand j'observe votre visage sur le cliché du journal, je reconnais cette froideur qui n'est qu'apparente, la fureur derrière qui vous suit. La photo m'apparaît, bizarrement, de moins en moins claire. Vous m'échappez. J'ai le sentiment pourtant de vous aimer depuis toujours. Il m'est impossible de faire autrement. Je ne peux que reconnaître votre visage, l'âme de votre visage.

Vous êtes cet homme que j'ai croisé un soir et vous êtes à la fois tous ces hommes que je rencontre, un homme qui plonge dans la matière vive du travail pour oublier cet amour qui forme le tissu imprévisible, charnel de son être. J'aimerais vous parler de cela. Je ne peux que vous écrire sur ça qu'on n'écrit jamais. Il m'arrive encore de me demander pourquoi cela m'est facile de vous imaginer, aussi parfaitement, la tête penchée sur votre volant, à écouter *you light up my life*, l'émotion qui craque dans votre cœur. Je me demande aussi pourquoi ce passage de votre livre me touche autant alors que tous les autres me semblent étrangement accessoires. Comme si Dieu avait choisi ce moment de votre abandon et qu'il vous avait aimé ainsi.

*   *   *

Presque tous les soirs, je m'adonne à ce rituel : vous écrire. Je le fais toujours après avoir observé les traits de votre visage sur la photo. Chaque fois que je vous cherche, il m'est de plus en plus difficile de vous trouver. Sur ce cliché, vos traits sont flous et je ne sais plus si vous souriez ou si vous êtes triste. C'est à ce moment de votre possible disparition que je commence à vous écrire. Il me semble que chaque lettre commence toujours de la même façon, lentement et avec hésitation. Je m'offre à vous en silence, d'une manière sacrée.

Vous parlez d'un mal insoutenable dans votre livre, de cette maladie : le manque d'amour. On voudrait pouvoir guérir de ce manque, de ce mal qui nous brise et nous rend malades. Vous dites que nous avons peur de vivre, peut-être même plus que de mourir. Depuis que je vous écris, je n'ai plus peur de vivre ou de mourir.

En ce moment, j'écoute la vie et son bruissement léger. J'entends le son de la nuit qui explose en mille splendeurs et, en écoutant son murmure, je devine les contours de ma campagne. Je connais par cœur sa verdure festoyante. Je sais que, dans toute son indifférente manifestation, elle restera muette à mes questions. Je vous écris encore ce soir, à force de solitude. Votre livre, votre parole ont ouvert un chemin dans mon âme. Je tourne les pages, je relis un passage et puis un deuxième, m'étonnant encore de vous y découvrir. Je me suis mise à croire que je finirais par vous envoyer mes lettres. Je sais bien que je suis en train de parler à un être imaginaire, celui du livre peut-être, ou encore, celui que j'ai cru entrevoir, pendant quelques minutes, lors d'une soirée. Cet être ne sait rien de moi, de cette émotion qui couve chaque soir une vie mystérieuse, insaisissable. Car, je dois vous le dire, à présent, toutes les fois que j'entre en contact avec un homme, cette possibilité se renouvelle, celle de creuser plus loin encore l'émotion qui me ravit. Je cherche cet homme, celui que je crois parfois trouver au hasard d'une rue, dans les détours de ma ville, à travers une solitude sans raison. Le désir d'aimer est si grave certains soirs de juillet. Il n'existe pas d'autre motif que celui-là pour vous écrire. Il a suffi de quelques minutes à peine pour que mon univers chavire. Il suffit de si peu parfois pour que je tombe en déséquilibre. Le temps d'un éclair, la certitude d'une rencontre et, déjà, la fissure s'élargit, le monde bascule. Parfois je me demande d'où me vient ce désir. D'où me vient cette connaissance que votre cœur aveuglé a si peur de l'amour ? Qui m'a donné ce sentiment, ces mots, faciles, trop superbes d'espoir, qui s'élancent vers vous dans l'espace sans limites ?

Je vous jure, oui, que je suis impuissante à retenir cette parole. Je vous parle au fur et à mesure que l'urgence se tait, comme il arrive parfois qu'un homme garde le silence. Je rêve du jour inexact, où je vous rencontrerai de nouveau. Je ne sais pas pourquoi.

J'ouvre votre livre. J'ai choisi au hasard un passage. Il y est question d'un homme atteint de la maladie. Depuis qu'il sait cela de lui-même, depuis qu'on le dit malade, il a des absences. Vous racontez que si on veut lui adresser la parole, il faut lui montrer qu'on est là, devant lui ; il faut lui faire signe, lui rappeler qu'on existe. N'en est-il pas ainsi de nous tous, sourds et geignant sans cesse devant les autres qui, plus souvent qu'autrement, ne nous entendent pas ou si peu ?

Tous les jours maintenant, je regarde votre visage sur la photo. Je ne veux pas vous oublier. J'ignore pourquoi vos traits s'estompent. J'arrive à peine à déceler, dans votre regard, une folie, très douce, une folie que je reconnais et qui m'emporte loin de moi-même en me laissant parfois trop seule. Le temps passe et les soirs s'accumulent comme autant de vies qui meurent. Je vois déjà les traits de votre visage s'effacer, je vous oublie peu à peu, vous qui ne m'avez pas connue. Notre rencontre n'était-elle qu'un événement ordinaire, pareil à tous les autres événements d'une existence ? Cette rencontre n'aurait-elle rien de si exceptionnel que sa banalité ?

Qui êtes-vous ? D'où vous est venue cette froideur ? Répondez-moi ! Quel est ce travail qui vous ronge comme une maladie d'amour ? J'aimerais vous interroger encore. Mais est-ce qu'on interroge les hommes qui n'ont pas de visage ?

*   *   *

Je voudrais connaître la joie d'accorder mon âme à celle d'un homme. J'éprouve ce désir depuis longtemps. Il n'y a rien que je puisse faire pour ça. Car le miracle d'une rencontre se produit toujours indépendamment de la volonté personnelle. Une rencontre n'attend personne pour avoir lieu. Elle vous atteint dans votre chair et vous bouleverse, justement, au moment où vous n'attendez plus rien.

Les lettres que je vous adresse me rendent de plus en plus seule parce qu'elles ne trouvent pas d'écho. Ma main, cependant, continue de tracer des appels. Jamais je n'ai accordé mon âme à celle d'un homme, le désir en est resté d'autant plus puissant, violent. J'aimerais rencontrer un homme, un seul que j'aimerais plus que le jour et la nuit séparés. Je le reconnaîtrais là, au bout d'une ruse, dans un instant d'oubli, à travers un sourire ou, peut-être même, à travers un regard. Ce genre de grâce se produit parfois. Ainsi, je vous ai rencontré. Alors, il n'y a plus eu que vous.

Lorsque les autres hommes parviennent jusqu'ici, lorsqu'ils pénètrent dans mon antre, ce moule mal fermé, j'ai envie qu'ils s'en aillent, je voudrais les chasser. Je m'ennuie d'un seul homme comme celui qui est seul aussi.

Je regarde ces hommes autour de moi. Je les vois pressés, fiers, le cœur froid ou engourdi par une sorte de sommeil ; ils ont peur de moi, la femme. Je les vois aussi encombrés d'efficacité. Parfois lorsqu'ils ont trop bu ou qu'ils sont fatigués, ils parlent une autre langue, celle de la vulnérabilité. Je souffre de ne pas pouvoir les atteindre. Voilà pourquoi j'écris. À travers cette écriture monte ce désir-là, surtout, de pouvoir les rejoindre.

Il m'est facile maintenant de vous écrire, car j'ai renoncé à donner une issue à mes lettres. Maintenant que je peux vous oublier, que les traits de votre visage s'estompent, plus rien n'a d'importance.

Dans le silence tranquille du matin, il y a cette perfection, une grâce que personne d'autre que moi n'atteint. Je ne veux plus quitter la maison depuis des jours. J'ai adopté un rythme qui commence à me ressembler, retrouvé une paix que j'avais perdue. Le matin, très tôt, le jour se dresse sans éclat dans la campagne puis, lentement, se dessine au travers des arbres. Je me sens fondre aux sons et aux odeurs multiples que ramène l'humidité de la nuit. Je ne demande rien de plus que ces moments de grâce où tout participe à la vie.

Je persiste à vous écrire, je crois, du simple fait que vous soyez loin de moi. Pour aimer, il m'a toujours fallu ça, cette sorte d'éloignement de l'homme. Seule cette distance me permet de mieux vous parler. L'amour, dans sa réalité de tous les jours, à travers son éprouvante quotidienneté, me terrifie. Je n'ignore pas que, depuis toujours, je me réfugie ainsi dans la fabrication de lettres que j'adresse à des êtres imaginaires, lointains. Des hommes qui ne pourront jamais me faire entendre un bâillement à peine discret ou encore m'oublier pendant une soirée entière devant un téléviseur. Des hommes que je ne verrai jamais me quitter pendant le jour et ne pas revenir à la tombée de la nuit. Je suis seule parce que j'ai choisi de ne pas être oubliée dans un fauteuil ou derrière un comptoir. Je suis seule aussi parce que je crois encore à l'amour.

J'ai attendu des appels, espéré des mots, pleuré des absences, préparé des repas en silence pour des hommes qui ne sont jamais arrivés. Tant de fois, encore, suis-je morte dans une voiture où il manquait d'air, dans des bras dépourvus de tendresse, dans des autobus bondés de présences hagardes, dans des soirées arrosées où l'âme se vidait. J'ai espéré, attendu, désiré la venue d'un homme qui aurait été mon ami, mon homme ; je l'ai tellement attendu que j'en suis venue à mourir pour oublier ce désir qui continuait chaque fois de refaire surface.

Si je persiste à vous écrire, soyez assuré que je n'attends rien de vous. Je voulais simplement vous dire qu'un instant, j'ai cru, j'ai désiré et nourri l'espoir que votre cœur soit touché par le mien. J'aimerais aussi vous dire que ce désir-là m'a rendue, pendant quelques semaines, très vivante et que la vie, comme toujours dans ces moments-là, m'a à la fois réjouie et apeurée.

Aussi, m'est-il arrivé de me reconnaître à travers cette fillette qui dévalait la rue sur sa bicyclette en chantonnant sous la brise *vive le vent ! vive le vent !* Je considère comme une chance de pouvoir simplement vous écrire les menus détails, en apparence anodins, de mon existence dans le monde. J'ai aussi, je m'en confesse, tant de fois perdu la maîtrise de ma vie qu'il m'est désormais impossible de refouler ces choses.

Je vous écris également pour vous faire partager ma décision de vivre. Vous est-il déjà arrivé de sortir, par un soir d'été, et de vous sentir là, en pleine rue, happé par une sensation de vie si forte, si puissante que cela vous a laissé chancelant de bonheur ? Vous souvenez-vous d'avoir découvert, par un matin inattendu, la tendresse des champs, la brume qui s'étend doucement sur les herbes trop longues et abondantes ? Vous souvenez-vous du cœur qui battait à tout rompre lorsque vous étiez enfant et que le plaisir de rouler à bicyclette vous faisait crever d'une joie sans appui ? Avez-vous déjà connu la solitude des rues désertes et familières, vous remplissant ainsi d'un sentiment de gratitude difficile à supporter ? Avez-vous, une fois seulement, rencontré la grande plénitude de Dieu qui, soudain, se manifeste dans le bruissement des feuilles, la rumeur des enfants et le silence épanoui des vieux ? Avez-vous déjà aimé si fort que rien de ce que vous avez pensé alors ne pouvait réussir à vous abattre ? Avez-vous déjà été aimé si pleinement que tout autour de vous s'est mis à vivre d'un même accord, à travers une confiance inébranlable ?

Le matin, je me lève seule dans mon lit. Pendant des jours, des semaines, des mois, des années, je me lève seule dans mon lit. Devoir se lever pour soi-même uniquement, voilà la solitude. Vous, vous avez ce mal à combattre, cette raison de vivre. Vous avez les activités incessantes de votre travail. Je me demande alors si vous vous sentez seul dans votre monde. Je me demande si vous y avez froid.

Voyez-vous, si je me lève encore le matin, c'est parce qu'il me reste l'espérance qu'un jour mon âme s'accorde à celle d'un homme. Vous me pardonnerez ces effusions que vous n'interromprez pas, j'en suis certaine, puisque vous ne m'entendez pas, vous ne me voyez pas, vous ignorez tout de mon existence. J'aurais tant voulu vous prendre ce moment du matin où personne d'autre que moi n'aurait pu vous aimer. J'aurais tant voulu, pour un instant, être celle qui aurait accordé son âme à la vôtre. Voilà pourquoi je vous ai écrit cette lettre qu'un jour, peut-être, vous recevrez même si déjà, je dois bien le constater à présent, les traits de votre visage se sont effacés complètement sur la photo.

Elle y pensait toujours

Jusqu'à présent, elle avait toujours réussi à s'en tirer. Je veux dire, avec les hommes. Mais elle n'avait pas beaucoup d'ordre ni de mémoire. La première fois, elle avait beaucoup pleuré. Le type ne la rappelait pas. Elle circulait en bicyclette devant chez lui tous les soirs. Une faible lumière, toujours la même, restait allumée. Mais cela n'indiquait rien au sujet de l'absence ou de la présence de cet homme. Elle s'était mise à faire beaucoup de bicyclette. Cela avait duré quelques mois, puis elle avait trouvé un homme qu'elle croyait aimer. Celui-là, elle n'en disait rien. Quand elle parlait de lui, c'était déjà devenu une autre façon de ne pas parler d'elle. Fuyante. Je n'ai jamais vraiment su si cette femme était mon amie. Il m'est impossible de savoir si elle était l'amie de quelqu'un, d'un homme, d'une femme ou même d'un chien. Elle regardait les enfants des autres femmes, les enfants accouraient vers elle, riaient, s'abandonnaient avec confiance dans ses bras. Elle n'en avait jamais eu.

* * *

Cette femme ne souffrait pas. Plus maintenant. Elle savait, avec une étonnante simplicité, que l'homme, celui-là du moins,

49

lui reviendrait. Avec les autres, elle accédait toujours à cette formidable chance : celle de s'ennuyer. Venait toujours ce moment, ce petit gâchis où l'ennui s'installait, catastrophe qui lui en évitait une plus grande encore. Plus que tout, elle se taisait en leur présence et plus elle restait fermée, mieux ça valait pour elle, car l'ennui surtout la protégeait. C'est toujours le moment qu'elle choisissait pour écrire de longues lettres inespérées qui ne s'adressaient à personne.

Elle se répétait sans cesse *dis-toi que ce n'est pas grave.* Sa tête lui chuchotait régulièrement des axiomes. *Applique-toi à ne rien ressentir ! Dis-toi qu'on peut tenir longtemps comme ça, à sentir le parfum des roses, à écouter le chant des oiseaux, à jardiner dans tous les espaces, à exercer un métier et à apprendre le nom des choses sans avoir à parler de ce qui se passe au fond de soi tous les jours, minute après minute.* Cette voix qui montait en elle, nuit après nuit, celle qui s'était inscrite à force de rêves trop forts, cette voix, elle ne voulait plus l'entendre. Elle suivait le chemin. Comme d'autres femmes qui, des centaines de fois par jour, jouaient des gammes sur leur piano, elle refaisait le chemin de l'intérieur. Cela n'empêchait rien. Il y avait toujours cet homme qu'elle ne parvenait pas à oublier. Elle y pensait encore même quand elle faisait des courses, allait au marché, achetait une robe, des médicaments, des crèmes. Elle y pensait continuellement même lorsqu'elle s'agitait à travers les heures, elle espérait toujours, attendait que, pour une fois, ce fût possible avec un homme.

Elle rejetait une fois de plus la fausse sollicitude que les femmes entretiennent les unes envers les autres, cette sollicitude tramée par la peur, celle de vouloir y arriver à tout prix, le ménage, la maison, les fleurs et les sentiments, tous ces motifs, ces simulacres qui ne servent qu'à invoquer la présence d'un homme dans sa vie.

Elle ne pouvait plus rien faire maintenant. Jusqu'à présent, elle avait toujours réussi à s'échapper, à fuir, à passer de l'autre côté. L'homme, elle parvenait au prix de terribles efforts à s'en défaire, à s'en détacher. Au bout de quelques jours, l'odeur de sa cigarette disparaissait, les questions auxquelles jamais il ne répondait s'effaçaient, les longs discours et les discussions tombaient en lambeaux. Parfois, quand elle prenait son bain, des bribes lui revenaient, mais ces petits souvenirs finissaient toujours par se noyer.

Elle n'attendait plus. Maintenant qu'elle savait que cet homme la coincerait quelque part dans son théâtre, sa vérité, sa comédie de tous les jours, elle n'attendait plus. Elle avait compris enfin qu'il la surprendrait dans cet affreux silence sur elle-même. Aussi, lorsqu'elle le vit apparaître dans la pièce, elle découvrit qu'elle était nue, sans défenses. Mais le plus curieux dans cette histoire, c'est qu'elle sut, de façon irrévocable, que cet homme-là n'allait pas lui faire de mal, il n'en aurait pas la force.

Lui pardonnerez-vous ?

La nuit, elle se réveille en sursaut, trois mots lui viennent à la bouche : je vous aime. Ces mots émergent clairement dans la vérité de la nuit. Une bête, toujours la même, la terrasse. Celle des jours sombres, une bête qui la creuse par en dedans. Cette femme a mal. Où ? Nulle part. C'est cela le plus terrible. Ne pas savoir où ni pourquoi. On pourrait croire que cette femme pleure sur l'admirable différence qui vous sépare. Depuis des jours, le hasard a cessé de vous favoriser, vous ne vous rencontrez plus.

Vous essayez peut-être de la tuer à votre façon, de faire en sorte qu'elle n'existe plus dans votre esprit, de la fuir lorsque vous pressentez son mouvement dans la rue.

Désarticulée dans sa vérité, elle se hisse avec peine derrière le mur qui vous sépare ce soir alors qu'elle est loin de vous, seule.

Je vous aime. Voilà les mots que la femme murmure. Ces mots surgissent durant la nuit, surgissent au bout des résistances et des fuites. Il n'y a rien à faire, car mourir ou tuer par amour, cela revient au même. Il n'y a rien à fuir parce que tout est dit, là, simplement dans ces mots qu'elle crie *je vous aime.* Elle ne peut donc en mourir. De même, il lui est impossible de tuer cet amour.

Cette histoire pourrait se produire ailleurs. Elle surviendrait en Chine ou en Espagne, une femme, un homme se quitteraient sans vraiment y parvenir, peu importe l'endroit ou les circonstances. Des ombres reviennent toujours hanter les êtres qui ont peur d'aimer.

Elle pourrait murmurer d'autres mots encore que ceux-là, elle pourrait dire autre chose que *je vous aime*, cela reviendrait au même, la bête aurait le même visage. Vous seriez en Inde sur les rivages du Gange, vous habiteriez un petit village de Crète, l'histoire resterait la même. Vous essayeriez de la tuer, de l'oublier tandis qu'elle, elle ne le pourrait pas. Son crime à elle, c'est de ne pas pouvoir vous tuer, c'est de vous aimer et de ne pas pouvoir mourir de cet amour alors que vous y parvenez.

Ce soir, il lui est trop pénible d'être loin de vous. Voilà donc les mots qu'elle vous écrit en silence, un silence aux mille contours, sans réponse, un silence prenant. Voilà le crime dont elle se déclare coupable. Lui pardonnez-vous ? Lui pardonnerez-vous jamais un jour de vous avoir aimé ?

Et si j'appelais mon amie ?

J'étais bien contente d'entendre ta voix sur mon répondeur aujourd'hui. Je suis revenue, mais je me trouve incapable de te rappeler. Je dois te dire que j'ai fait un merveilleux voyage. Savais-tu que j'étais partie ? Ce voyage, je me répète, tout à fait réussi ! J'ai d'ailleurs fini par oublier que j'étais partie justement parce que je ne savais plus comment t'attendre.

J'étais contente, je te l'ai déjà dit, d'entendre ta voix, seulement, en même temps, j'ai ressenti une grande tristesse. J'aimerais pouvoir, comme toi, passer sous silence ce qui s'est produit entre nous ces dernières semaines, mais j'y parviens mal. L'affaire n'a rien comporté de bien grave, je le sais. Rien de trop engageant. Au contraire. Mais nos rapports se sont modifiés. J'aime beaucoup l'acharnement que tu mets à me considérer comme une grande amie, je suis la meilleure, tu insistes. Cet acharnement qui autrefois me blessait me fait sourire aujourd'hui.

Je savais, j'ai toujours su, que tu me rappellerais. Cet excès de bonne humeur, cet enjouement, tout de suite je les ai reconnus sur mon répondeur, c'était toi, toi qui essayais d'être comme avant, avant que les choses ne prennent une tout autre forme entre nous. J'ai beau me dire que nous avons simplement cédé à quelque chose d'inévitable, une pulsion d'ordre biologique (l'expression n'est pas de moi), mais j'ai beaucoup de mal à réduire ma tendresse à quelque chose de biologique. Je fais des efforts, je t'assure, pour penser comme tout le monde, mais j'échoue lamentablement. Bon d'accord, nous nous sommes seulement embrassés ce soir-là, longtemps, très longtemps ; tu trouveras sans doute que c'est désolant de s'alarmer pour si peu ? Quand on pense à tout ce qu'on peut se permettre de nos jours, ça me donne l'air de quoi d'avoir trente ans et d'être restée pudique...

Aussi, sois-en convaincu, j'essaie très fort de me répéter que nous resterons d'extraordinaires amis comme autrefois, mais je sais que je me mens, que je ne suis pas ton amie ni ta femme, ni rien de celles que tu côtoies pour te délivrer du corps qui te harcèle. Je suis plutôt cette pensée soudaine dans ton esprit lorsqu'il n'y a plus rien ; le film est terminé, le travail complété, l'après-midi lourde et un peu trop longue, rien, tiens, et l'idée surgit, parce qu'on ne sait plus quoi faire de sa peau qui se fendille d'ennui, tiens... et si j'appelais mon amie ?

J'ai essayé de garder intact quelque rapport que ce soit, ai tout expérimenté. L'amitié, la camaraderie, les joies du tennis à deux, la marche, le travail côte à côte, la froide poignée de main, la délivrance sexuelle, les soupers à la chandelle, la franche discussion, la thérapie par la conviction positive, les séances prolongées devant le miroir, les bains très chauds, la voix douce, l'ascèse, la rigueur, les voyages et les fuites, tout mon amour, j'ai tout essayé, patiemment et inexorablement, pour apprendre à me maintenir sous le confortable statut de l'amie.

Sache, cependant, que j'ai toujours aimé les défis et je trouve celui-ci intensément chargé de contradictions : comment tenir son corps tranquille tout en cultivant une saine et solide amitié ? Comment cesser de respirer tout en parlant des rapports hommes-femmes qui ont tendance, l'as-tu déjà remarqué, à la déchirure ? Et comment aimer, mais sans vraiment aimer ? Parce que c'est là où se trame tout le dilemme et que le bât blesse. Aimer certes... mais... S'arranger pour ne livrer qu'une partie de la moitié de son cœur. Il faut à tout prix garder des trucs en réserve, on ne sait jamais. Au cas où l'autre partirait avec le vidéo, les meubles du salon, la maison, le laser et la télé, ou pire encore, au cas où l'autre nous arracherait l'âme au complet, nous lacérerait les tripes, nous empêcherait de vivre, nous torturerait avec sa gouache émotive. Aussi, il faut absolument que je te le dise à toi, mon meilleur ami, qui n'es pas vraiment un ami, mais un homme adoré, chéri, attendu, désiré avec lequel je n'ai rien du détachement ou de la désinvolture, je suis totalement impuissante devant cette situation. Voilà, mon bel amour amical, je n'en peux plus de tout calculer, de penser, d'organiser, d'analyser mes impasses émotives, de prévoir, je n'en peux plus de m'empêcher de t'aimer comme ami, comme frère, comme amant ou comme mon prochain et pourquoi pas comme un être oui, oui, à part entière, qui pense, qui réfléchit et qui agit par lui-même.

Alors ta voix sur le répondeur qui me dit *on s'appelle un de ces jours et on va au resto* elle me fait crever, si tu veux savoir. Parce que je n'en ai rien à cirer de ce type de rapports où on se gave de phrases gentilles autour d'une bonne bouteille, je dois m'en confesser, je m'ennuie à mourir quand ça ne compte pas. J'ai tenté, comme toi, de me satisfaire avec les demi-mesures, les ballades dans le vieux port, les bons soupers au resto, les animations de groupe et le film loué au dépanneur du coin. Mais je m'ennuie. Complètement. Avec une mentalité comme celle-là, pas étonnant que je sois restée seule. Il m'arrive pourtant d'être aimée à la folie quand je ressemble à un objet propre et souriant comme un sou neuf, un objet qui ne fait pas de bruit et qu'on peut frotter sans que ça morde, mais dès que je m'anime, que j'existe et que je me mets à respirer, voilà que les hommes, les amis, les amants, tous, ils fuient devant ce sac de peau qui a une âme... une femme.

Cette fuite-là, je la connais moi aussi. Il m'est arrivé de m'éloigner de l'homme qui pleurait, de l'amie qui se coupait les veines, de l'enfant qui faisait une crise. Mais il m'est arrivé aussi de faire face aux enfants malformés, aux fous qui hurlent dans la rue, aux hommes avouant leur fragilité par soir de détresse. Mais quand il s'agit d'une femme, une femme là, droite, vivante, débordante, excessive, chaude, folle, aimante, une femme qui cuisine, chante et crie, qui pleure et qui se retourne pour vous regarder droit dans les yeux ; ainsi, quand on se trouve devant une femme qu'on aime, qu'y a-t-il sincèrement à comprendre ? Que peut-on lui dire lorsqu'on n'a pas appris à le faire ?

Il faut bien me saisir, bel ami, vers lequel je suis aimantée et que j'aime sans pourtant être l'amante, j'ai tendance à m'affoler devant ces crises d'identité, ces pertes de rôle, ces nominations qui perdent leur nom avant même qu'on aie eu le temps de les cerner. Sache, mon bel amour de camarade qui me considère comme une amie, que je pleure toute seule le soir dans mon oreiller, parce que j'attends toujours celui qui sera tout simplement mon ami de cœur, sache que je me pense toujours trop vivante pour que l'on m'aime, c'est l'histoire de ma vie, je n'y peux rien, je suis totalement impuissante et le pire, c'est qu'il n'y a pas de remède pour ça, je suis vivante et je resterai vivante toute ma vie. Cette réalité d'une banale limpidité ne m'a pas été facile à accepter. Mais par la force des choses, il m'a bien fallu admettre que certaines de mes réactions puissantes, colorées et très vives me méritaient le surnom d'Italienne. Je ne cherche pas par là à déshonorer l'Italie, mais il faudra bien comprendre que si je représente à moi seule tout un pays, cela peut soulever bien des frayeurs surtout lorsqu'on a la certitude de marcher en zone inconnue. Par ailleurs, le côtoiement répétitif de mes excès, le retentissement aigu de mon rire sonore et sorcier, les débordements électriques de ma nature m'incitent à croire que tout pays doit être limité par des frontières. Je n'en ai aucune malheureusement. Sache bien, mon cher ami très copain, avec qui je jouerai très prochainement du tennis de table, que je me vois ici cernée de contradictions. Je m'explique. Il n'y a rien qui me ferait davantage plaisir que d'être simplement ton amie, mais le problème c'est que ma propre rationalité (j'en ai une moi aussi) m'interdit de coucher avec mes amis. Pour mieux t'expliquer, lorsque je tiens à un ami, je ne couche pas avec lui. C'est une jolie contradiction, parce que j'ai essayé plusieurs fois de mettre mon corps dans un coin, en punition, *oui, oui, assez de ces saletés* que je lui ai dit, mais chaque fois il se fâche. Alors j'ai vite compris, j'ai un de ces cerveaux parfois, que je devais vivre avec mon corps, mes sentiments, mes désirs et mes plus vives contradictions. Ensuite le problème, s'il en est un, survient quand je vis justement avec tout ça, que je m'accepte telle que je suis et que je me flatte devant le miroir en répétant convulsivement *Hé ! que t'es belle toi, vas-y laisse-toi aller, t'es capable !* Chaque fois qu'un ami, une âme charitable, un magnanime a l'occasion de m'approcher pour que je m'ouvre, n'est-ce pas, pour que je me déshabille en tremblant sans savoir ce qu'il touchera ou trouvera, je me sens vraiment nue et là, je te jure que ce n'est pas seulement une impression, mais une expérience rigoureusement douloureuse et vérifiable. Alors, cher ami de mon cœur, sois persuadé d'une chose, à ce moment précis où je mêle mon être au tien, je deviens totale et, dans ce silence sacré où, vivement soutenu par mon âme, mon corps te rencontre, je reste sans ironie et je t'appartiens alors. Tu me vois ainsi telle que je suis, sans vêtement, sans barrière et sans maquillage. Tu peux alors t'approcher, t'enfoncer, te retirer, t'abandonner, m'insulter, me prendre, me murmurer des douceurs, me donner des ordres. Tu peux alors tout faire. S'il est un pouvoir que les hommes ont sur les femmes, c'est bien celui-là. Mais toi, camarade, toi mon cher compagnon de route, mon frère de circonstance, mon futur amant, mon homme qui me tient à distance, toi, que se passe-t-il lorsque tu approches une femme, lorsque tu lui enlèves ses vêtements, quel sentiment étrange s'empare de toi lorsque tu l'embrasses et que tu la jettes dans un coin pour la prendre, la ramasser, la peloter, l'envelopper de ton corps soudain trop grand, débordant ? Pourquoi ne me racontes-tu pas ? Ne sommes-nous pas les meilleurs amis du monde ? Ne pouvons-nous pas parler de ces choses comme si elles arrivaient à d'autres personnes que nous-mêmes ?

Au fond, j'aurais dû te dire toutes ces choses bien avant, mais je t'assure, je ne pouvais pas. Je refoulais ce sentiment d'impuissance et d'échec, je le taisais pour que jamais tu ne te rendes compte des failles qui me divisaient. Je souriais à en fendre l'âme pour que tu ne saches rien de moi, de mon cœur, de mon désir. Je me dissimulais derrière des centaines de sourires, des phrases légères et des faux-fuyants. Aujourd'hui, je me vois en train de t'écrire cette lettre et, une fois de plus, je me ressemble, il faut me pardonner, mon ami, car je sais que je ne te l'enverrai pas.

Un signe de la main

Je me demande comment j'ai pu faire jusqu'à maintenant pour vivre sans elle. J'arrive si difficilement à m'en détacher que seul le silence parvient encore à rétablir le fragile équilibre de mon esprit. Curieusement, cet équilibre a toutes les dimensions du vide. En fait, c'est la première fois de ma vie que je peux m'imaginer le vide, le sentir et même le voir. Vous savez, ce drôle de sentiment que l'on éprouve lorsque le néant devient une sorte de réalité amicale et palpable. Cela vous donne un air ahuri ou carrément absent, mais qu'est-ce à dire, vous vous en moquez, ce qui importe, c'est cette impression de légèreté qu'abrite un esprit sans aucune pensée raisonnable. Chose étonnante, ce vide possède aussi un périmètre tellement précis qu'il me faudrait simplement bouger, avancer ou reculer par exemple, pour que je sombre. Il suffit parfois de si peu pour s'abandonner.

Pendant des années, je m'en étais éloignée, je feignais l'indifférence et m'en tenais à distance respectable. Hier encore, tout était secret, précieusement rangé dans un coin de ma mémoire. Si encore j'étais passée tout droit... Si seulement je ne m'étais pas arrêtée dans la rue, devant cette vitrine... Hier à peine, je me souviens, j'étais pleine d'innocence. Mais il a fallu que je lui obéisse. Elle m'avait toujours priée de l'écouter.

Il neigeait déjà depuis deux jours. La boutique semblait fermée. Personne ne se trouvait à l'intérieur, du moins, c'est ce que je crus. Une faible lumière traversait le hall d'entrée. Des ombrages dansaient sur les murs, la lueur des phares les dessinait en exécutant des cercles presque parfaits.

J'étais restée le nez collé à la vitre et je voyais mon visage, celui de l'adolescente que j'avais été. Un visage fier, sombre, presque furieux en dépit de son apparente tranquillité. C'était mon visage.

Les flocons de neige s'accrochaient à mes vêtements. À travers la fenêtre embuée, j'ai aperçu une silhouette immobile qui, soudain, s'est animée. Du moins, j'en eus l'impression pendant un bref instant puisqu'elle venait de bouger légèrement la tête. D'ailleurs, ne m'avait-elle pas fait un signe ? Je détournai les yeux. D'un geste furtif, je replaçai le col de mon manteau et je risquai de nouveau un regard vers l'intérieur de la boutique. Une main, une main humaine s'agita une fois de plus dans ma direction. Elle semblait tracer des lettres dans l'invisible, écrivant quelque chose qui m'échappait. Je me mis à avancer machinalement vers l'entrée éclairée au néon. La porte ne grinça pas. Elle s'ouvrit sans faire de bruit, comme si j'avais accompli là le geste le plus naturel qui soit. La silhouette avait disparu. Mais je restais persuadée qu'elle planait toujours quelque part dans la pièce. C'était ça le plus inquiétant, sentir la présence d'une certaine forme humaine ou psychique, mais sans être capable de la voir. Cette présence, comme un voile, m'entourait, suivait le rythme infiniment lent que déployait chacun de mes mouvements.

Lorsque je m'aventurai au fond de la pièce, je découvris un piano. On aurait dit qu'il y avait été oublié. Je fus prise d'une émotion si violente que mes mains se mirent à trembler. C'était elle, j'en étais persuadée maintenant, qui provoquait ces bouleversements chez moi. Voilà qu'elle revenait me hanter alors que toute mon adolescence avait barré l'accès à ses iné-puisables rêves.

Je ne sais par quel ressort inconnu je m'approchai du piano. Il m'avait attendue. Ma résistance s'effritait.

Je m'installai sur le petit banc et j'attendis. J'avais très peur. Il se passait quelque chose que je ne parvenais pas à contrôler. L'envie irrésistible de jouer alors que je ne me souvenais plus de rien, alors que j'avais tout oublié. Cette envie de jouer m'eni-vrait plus fortement que n'importe quelle joie retrouvée. Ça ressemblait étrangement au bonheur.

Mes mains se placèrent sur les touches et sans plus tarder, elles jouèrent quelque chose d'inconnu qui venait de loin, d'un pays visité en rêve et duquel retentissait un air de l'enfance.

Ce n'était pas moi qui jouais, mais quelqu'un d'autre, une petite fille sans âge et incapable de tricher. Lorsque j'entendis enfin la dernière note résonner, quelqu'un, une autre présence, la joua derrière moi. Je me retournai vivement pour voir qui se trouvait dans cette pièce. Je ne vis personne sauf peut-être la musique qui me faisait signe, simplement signe de la main.

Enlevez-moi ces gants

Elle vit d'abord les traces que sa venue avait laissées dans la neige. Deux petits sentiers presque parallèles les séparaient. Dans le premier sillon, les pas venaient vers la maison, dans le deuxième, ils s'éloignaient. Hilda vit, à travers le carreau, la marque des semelles fraîchement imprégnées. L'homme ne devait pas être très loin. Elle l'avait attendu ce soir, encore une fois ; peut-être même un peu plus longtemps que d'habitude. Elle posa machinalement sa main sur le pan de sa robe, son sourire s'accentua. Elle avait verrouillé la porte. Il avait frappé à plusieurs reprises ; d'abord quelques coups légers, ensuite des coups secs et rapides, plutôt mécontents. Elle ne lui avait pas ouvert. Voilà le supplice qu'elle s'imposait.

La mort de son mari l'avait rendue sauvage. C'est, du moins, l'explication qu'elle se plaisait à entretenir. Hilda savait que cette excuse la protégeait d'une découverte qu'elle craignait de faire le soir, souvent au moment de s'endormir. Car elle rêvait la nuit qu'elle tuait son mari. Elle lui apportait une tisane empoisonnée, la lui donnait à boire et, tandis qu'il se tordait de douleur en tenant ses mains sur son ventre, elle restait là, dans son rêve, à regarder tranquillement la scène. Sans doute l'avait-elle follement aimé puisqu'elle s'était offert la stratégie du silence pour le garder et ce, en dépit du fait qu'elle savait qu'il la trompait depuis au moins deux ans. Ce silence avait fini par prendre des proportions malsaines, car afin de ne pas le pousser à faire d'indécentes déclarations (elle n'aurait d'ailleurs pas eu le courage de les entendre), elle feignait de croire ses prétextes anodins. Jamais elle ne lui souffla mot de sa brûlante jalousie. Au fil des jours sans surprise (le pire n'était-il pas déjà survenu), elle avait découvert l'alcool. Au début, elle se contentait d'engourdir la souffrance, elle n'en prenait qu'un tout petit peu. L'idée, c'était de ne plus rien ressentir pendant un moment, rien qu'un tout petit instant. Il avait mis du temps avant de découvrir qu'elle buvait. Un soir, il s'était fâché. Sa femme n'avait aucune raison de boire. Il se demandait tout de même pourquoi elle se détruisait ainsi. Bien sûr, il admettait manquer de présence parfois, mais sur le plan matériel, on ne pouvait rien lui reprocher, il était exemplaire. Ne venait-il pas, justement, de lui acheter la robe qu'elle voulait ? En la voyant saoule, il avait perdu le contrôle. La fureur avait été trop vive, le cœur n'avait pas tenu le coup, avait cédé sous son emprise. Il était mort le soir même.

Trois semaines plus tard, Hilda cessait de boire. Elle commença alors à écrire des lettres qu'elle gardait dans une boîte. Une fois les funérailles passées, le changement n'avait pas tardé à se manifester. Pour les autres, rien de ce changement ne paraissait. Mais Hilda, elle, savait à quel point elle s'était transformée.

Chaque soir, elle montait au grenier. Elle savait en gravissant les marches qu'elle allait retrouver là, accrochée à un cintre, la robe rouge. Elle contemplait, fascinée, cette couleur rouge grenat, une couleur qui lui seyait à ravir. Enfin elle osait porter la robe en toute liberté. Elle s'assoyait, ainsi vêtue, pour écrire ses lettres.

* * *

J'attends nulle part un homme. J'aimerais pouvoir l'attendre au coin d'une rue ou dans une gare. J'aimerais m'asseoir dans un endroit comme ceux que l'on voit dans les films, trouver un lieu qui rendrait mon désir moins pénible encore, mais non. J'attends comme seule une femme...

L'homme que j'espère a un visage. Ce visage, je l'ai cherché partout dans la foule, je l'ai conjuré de toutes mes forces sur chacun de mes trajets, de la petite école jusqu'aux frontières des villes qui m'ont avalée. Ce visage, j'ai tenté en vain de le retrouver dans tous ces lieux qui m'éloignaient de toi.

Mais depuis hier, les choses ont changé. Depuis hier, je n'attends plus de la même façon. Je crois que la robe y est pour quelque chose, cette robe ni rouge ni vermeil, cette robe dont la couleur aspire tout sur son passage. La vendeuse me l'avait bien dit. *Cette robe vous transformera.* Les vendeuses disent toujours la même chose aux clientes désireuses de plaire. Voilà la raison pour laquelle ces dernières les croient tout le temps sans réserve. Au premier coup d'œil, la robe ne présentait rien de remarquable, sauf peut-être pour la couleur qui ressemblait, maintenant que j'y repense, à du sang. Au-dessus de l'étagère, c'était écrit : vêtements en consignation. La jeune femme, une petite blonde aux yeux fripés, m'a dit *essayez-la, cette robe, elle est pour vous.* Comment résister ? Quand je me suis aperçue dans le miroir, je le jure, j'ai vu une autre que moi-même... J'ai acheté la robe et me suis enfuie, l'affolement au cœur, comme si j'avais fait quelque chose d'interdit. C'est à ce moment que j'ai écrit ces drôles de lettres que je ne voulais pas envoyer.

* * *

Marie roulait déjà depuis plusieurs kilomètres. Le vent venait mourir au creux de sa robe. Libre, Marie se sentait libre. Mais elle éprouvait un peu d'angoisse comme cela lui arrivait toujours lorsqu'elle faisait quelque chose d'inhabituel. Elle était partie sans le dire à personne. L'anxiété la tenait crispée à son volant. Même après trois heures de route, elle éprouvait encore ce petit pincement qui ne se logeait vraiment ni au cœur ni à l'estomac, mais entre les deux. Lorsqu'elle sifflait, l'angoisse ne la quittait pas, alors elle essayait de fredonner les airs que l'on jouait à la radio.

Marie allait rejoindre un homme qui habitait très loin, un inconnu. C'était la première fois de sa vie qu'elle faisait une telle chose. Ils s'étaient rencontrés dans une gare, avaient échangé leur adresse. Pendant quelques jours, elle n'avait plus entendu parler de lui. Puis, une semaine plus tard, elle avait reçu un paquet par la poste. Il était ficelé grossièrement. Marie le déballa et, à sa grande surprise, vit apparaître une robe mi-longue, d'un rouge étrange, avec un décolleté dans le dos. La robe lui plut tout de suite. Elle l'essaya. Une fois seulement le vêtement enfilé, Marie songea à en connaître l'expéditeur. À l'intérieur, elle ne trouva ni mot ni signature, seule une adresse de retour, c'était celle de l'homme rencontré dans le train.

Dès l'instant où elle porta la robe, l'univers entier bascula. Marie qui, d'ordinaire, avait peur des hommes et les tenait à distance, changea curieusement. Cette Marie de tous les jours disparut soudain et fit place à une autre plus téméraire, plus audacieuse, folle. Elle avait envie de l'homme rencontré dans le train. Alors que d'ordinaire elle se méfiait des hommes qui donnaient des cadeaux, cette fois, elle éprouva le désir violent de tout faire basculer pour retrouver celui de la gare. Elle lui écrivit une lettre pour lui annoncer sa venue. Elle le connaissait à peine.

Marie portait la robe tout le temps depuis qu'elle était partie le rejoindre. Elle s'en était entichée d'une certaine façon. Mais depuis qu'elle la mettait, elle avait souvent l'impression de porter des gants, comme si les mains, ses mains à elle, se retrouvaient enduites d'une substance épaisse, mais invisible. Cela semblait se produire surtout au moment où elle conduisait sa voiture. Elle arrêtait régulièrement dans les stations-service pour se laver les mains. Cela n'avait pourtant rien à voir avec la saleté. Bien que Marie eût développé un certain attrait pour tout le domaine de l'invisible, elle n'en ressentait pas moins une peur difficile à maîtriser. Et ces gants, cette substance la dérangeaient surtout parce qu'ils étaient invisibles. Cet homme, par exemple, qu'elle connaissait à peine, Marie le sentait près d'elle et loin en même temps. Bien que le sentiment fît défaut à ce genre d'hommes qui l'attirait, Marie savait qu'elle ne pourrait contourner cette rencontre. Le pire, pour une femme comme Marie, ce n'était pas que ce sentiment échappât au cœur masculin, le pire c'était que cet homme n'avait même pas conscience du fait qu'il ne ressentait rien. Ce type de tempérament plaisait à Marie jusqu'à la folie la plus pure. Pendant qu'elle roulait, elle imaginait déjà les ruses qu'elle déploierait pour l'émouvoir. Marie ne connaissait pas encore sa propre force, elle cherchait quelque chose d'extérieur, un objet, un mot qui pourraient le faire craquer, lui. Elle souriait à l'idée qu'elle devrait se rendre jusqu'à la cruauté.

De nouveau, Marie éprouva le sentiment désagréable de porter des gants, la route lui ayant fait oublier momentanément cette sensation. Elle arrêta la voiture et alla se nettoyer les mains. En vain. Puis elle se dirigea vers la première boîte téléphonique qu'elle aperçut et composa le numéro. Elle attendit deux coups, il eut à peine le temps de répondre. Le temps qu'elle reconnaisse sa voix, déjà elle raccrochait. Le jeu commençait. Son angoisse avait disparu. Il était là, cela seul comptait pour l'instant.

* * *

Hilda séjournait toujours dans la même pièce de la maison depuis qu'elle portait la robe couleur de vin. Elle ne s'en séparait jamais. Même la nuit, elle s'endormait bras repliés sur la robe. Hilda n'avait plus peur d'être totalement seule. Elle s'assoyait dans un coin et fixait l'horizon qui donnait sur la vallée, Hilda attendait simplement de ne plus aimer son mari, car il fallait bien l'admettre à présent, même mort, Hilda continuait de l'aimer. Elle croyait qu'il n'y aurait plus jamais aucun autre homme. Curieusement, au moment précis où elle renonça à cette conviction, elle envisagea de s'intéresser à Hubert. Du moins, c'est ce qu'elle crut. Jamais elle n'aurait imaginé que la robe y fût pour quelque chose. Tous les soirs maintenant, il venait lui rendre visite. Il marchait dans la cour, se rendait jusqu'au palier, hésitait longuement puis s'en retournait. Hilda n'ouvrait pas. De toute manière, elle n'ouvrait jamais plus de porte, Hilda. Elle en avait eu assez de ne pas pouvoir crier sa colère, son mari l'exhortant, chaque fois qu'elle buvait, à se taire.

Hilda haïssait son nom. Heureusement son époux ne le lui murmurait jamais quand il faisait l'amour avec elle. Cela la comblait de ravissement et bien qu'elle fût très jalouse des autres femmes dont les noms secouaient parfois la bouche de son mari, Hilda jouissait et ne tentait surtout pas de s'expliquer ce cuisant paradoxe.

Elle se disait qu'un jour, oui, un jour peut-être, elle finirait par ouvrir à Hubert. Elle se répétait, mais sans y croire, qu'elle parviendrait à oublier son mari. Un soir, alors qu'elle veillait plus tard qu'à l'ordinaire, elle vit surgir son voisin devant la fenêtre. La silhouette s'immobilisa. L'homme devait sentir que cette fois, la veuve allait lui ouvrir la porte. Il s'y dirigea.

Hilda eut envie de sortir le flacon d'alcool qu'elle tenait soigneusement caché dans une armoire. Par simple fétichisme, Hilda conservait à l'abri le symbole même de son passé. Elle prit la clé dans un tiroir. C'était une clé mince en argent, elle la fit tourner tranquillement jusqu'à ce que les gonds fassent entendre un gémissement décisif. À partir de cet instant, elle sut qu'elle ouvrirait à Hubert. Elle arrangea ses cheveux et s'empara du flacon. Quand elle eut déposé ses mains sur le verre, elle eut le sentiment qu'elle portait des gants qui montaient jusqu'aux coudes. Cette sensation fut si forte qu'elle retira prestement ses mains du flacon. Elle regarda ses doigts, ses paumes, ses avant-bras, rien, elle ne voyait rien et pourtant... l'impression persistait. Elle marcha dans la pièce et se dirigea machinalement vers l'entrée, appuya sa main droite sur la poignée. Hubert entra. Il ne prononça pas un seul mot, fit seulement quelques pas. Une forte odeur de pourriture lui monta au nez. Hubert comprit que cette femme ne sortait plus depuis plusieurs semaines. Il fit quelques pas encore, mais l'odeur était si insoutenable qu'il s'affaissa sur le sol. Il respirait faiblement. Hilda prit le flacon d'alcool et lui en fit boire consciencieusement plusieurs gorgées.

*   *   *

La robe, je ne l'ai pas portée tout de suite le premier jour. Ni le deuxième. J'ai attendu. Il me fallait m'habituer à l'idée que je pouvais être une autre. Puis un soir, je me suis décidée. Je l'ai sortie du sac, l'ai dépliée, puis j'ai osé la mettre. Je savais que j'irais jusqu'au bout. Que je ne refuserais aucune avance et que je dirais oui. J'ai toujours eu peur de rencontrer véritablement un homme. De toute façon, lorsque les hommes me déshabillent et me possèdent, ils ne voient rien de ce que je cache. Si par hasard ils rencontrent mon regard, ils s'étonnent de ce que cet animal farouche, qu'ils serrent entre leurs bras, ait des yeux. Aussi, tant de fois me suis-je tuée à ne rien ressentir, une fois rendue dans leur lit.

J'ai donc mis la robe. Une fois enfilée, il s'est passé en moi des choses étranges. J'ai d'abord cessé d'avoir peur. Je ne craignais plus de sortir, de parler à voix haute ou même de rire aux éclats. Surtout, je n'avais plus peur de vivre ni même... de te rencontrer. J'ai gardé la robe et suis allée dans ce café où tu te rends si souvent. Lorsque j'entre dans un nouvel endroit, d'ordinaire je vais m'asseoir à la table la plus éloignée et, pendant plusieurs minutes qui m'apparaissent éternelles, je fixe mes pieds, je cache mes mains et je baisse les yeux.

Cette nuit-là, je me sentais différente, belle, invulnérable. J'ai marché jusqu'au comptoir et me suis assise auprès de toi. On aurait pu s'attendre à un échange de banalités, mais non. Nous avons commencé à parler, puis je t'ai invité à danser. Tu n'as pas répondu tout de suite. Au lieu, tu m'as payé un verre et puis tu m'as regardée... longtemps. Tes yeux ne me fuyaient plus comme autrefois. Tu gardais le silence, mais ta proximité me tenait un discours que jamais encore tu ne m'avais fait. J'ai bu tranquillement, car je savourais le moment. Tu t'es rapproché de moi. La robe, j'ai pensé à la robe. On aurait dit qu'elle t'attirait comme du feu, tu la fixais et j'ai eu la certitude alors qu'une chose irrémédiable allait se produire. J'ai d'abord touché ton épaule, puis je t'ai tendu mon bras, mais il y avait cette drôle de sensation dans ma main, j'avais l'impression de porter un gant. Ton corps me demeurait étranger. Tu m'as fait un signe. Ensemble, nous nous sommes levés pour aller sur la piste de

72

danse. Tu m'as tenue dans tes bras. Alors que nous dansions, j'essayais de t'atteindre, de toucher ton cou, ton dos, seulement il y avait comme un mur entre nous. Je pleurais au creux de ton épaule et vraiment, à cet instant, je n'aurais pas su dire pourquoi. Il y avait tant de confusion dans mes sentiments. J'avais l'impression de perdre la tête. Voilà que je faisais avec toi enfin une chose dont j'avais rêvé et je ne pouvais rien ressentir. Je ne parvenais pas à t'atteindre. Un mur, des gants, un écran peut-être, bloquaient toute sensation. Je t'ai laissé là, au beau milieu de la piste. Je ne pouvais supporter d'être près de toi et si loin en même temps.

* * *

Marie se rapprochait de lui. Il avait d'abord cru à une plaisanterie de sa part. Puis lorsqu'il avait entendu sa voix au bout du fil, sa voix chaude lui disant doucement *je m'en viens*, il avait été obligé de se rendre à l'évidence, cette femme se rendait jusqu'à lui. En effet, Marie trompait les kilomètres qui les séparaient. Depuis diverses cabines téléphoniques, elle ne cessait de lui nommer les villes, celles qu'elle traversait pour venir jusqu'à lui. Les villes défilaient derrière comme autant de barrières à franchir. Elle l'appelait ainsi toutes les heures pour lui murmurer *attends-moi*. Et il l'attendait malgré lui, sans trop savoir s'il avait hâte ou s'il craignait sa venue.

* * *

Hubert ouvrit les yeux sur une femme vêtue d'une robe rouge. C'était Hilda. Il avait terriblement mal au cœur. Le rouge de la robe lui fit mal. La voix de Hilda lui parvenait à travers un filtre mêlé de sons abrutissants. Un flacon d'alcool gisait par terre. Vide. Il se demandait s'il avait tout bu. Il ne parvenait pas à se rappeler. L'odeur de pourriture ne l'incommodait plus. Hilda le regardait avec des yeux intenses, deux trous pareils à de grandes terres noires à moitié ravagées. Elle semblait avoir perdu la tête. Hubert eut envie de prendre la fuite. Pourtant, il désirait Hilda depuis si longtemps. Il déplia ses membres engourdis, réussit péniblement à se lever. Hilda mit les mains autour de son cou, elle serra. D'abord il crut à une blague. Hilda serrait de plus en plus. Hubert se débattait à peine. Il ne résista pas. Hilda ne ressentait rien au bout de ses mains, elle serrait de plus belle. Lorsque le corps s'immobilisa sur le plancher, Hilda longtemps le fixa. Elle avait beau essayer de rassembler ses idées, une seule chose lui traversait l'esprit. Elle s'étonnait simplement de ne rien ressentir devant un homme mort. Elle ne pensait plus du tout à son mari. Sa tête lui parut, pour la première fois depuis longtemps, légère, comme si elle n'en avait plus.

* * *

Ils s'étaient donné rendez-vous à la frontière de l'Ontario et des États-Unis. Marie attendait déjà depuis cinq bonnes minutes, les plus longues du trajet. Portière ouverte, elle se tenait debout. Elle voulait qu'il la reconnaisse au premier coup d'œil.

L'homme distingua d'abord le rouge de la robe, puis il reconnut la silhouette de la femme. Il en eut le souffle coupé. Ses mains lâchèrent le volant, il dérapa sur la chaussée. Il ne s'agissait que d'un simple dérapage, un glissement de roues comme il en arrive si souvent. Pendant un moment, l'homme s'était recroquevillé au fond de son siège. Marie courait vers la voiture, courait. Lorsqu'elle fut à proximité de l'automobile, elle aperçut l'homme distinctement, mais ne le reconnut pas. Quelque chose s'était brisé à l'intérieur de Marie. Rien n'en paraissait cependant. Personne, pas même elle, ne pouvait deviner sa fragilité.

L'homme sortit de la voiture et vint à la rencontre de Marie, toujours flamboyante devant lui. Il souriait. Marie le regarda et le considéra comme un étranger. Il n'évoquait plus rien pour elle. L'homme vit qu'elle avait perdu la tête. Il lui tendit la main. Marie se surprit à ne rien ressentir en touchant la main de l'homme. Elle ne cessait de répéter qu'elle s'appelait Marie. Et elle cachait ses larmes. Elle ignorait tout de sa propre fragilité.

*   *   *

Je n'ai jamais oublié cette soirée où j'ai dansé avec toi dans ce café. Le soir, quand il se fait tard et que je m'ennuie, je sors la robe de mon tiroir et je la porte. J'imagine que je danse avec toi et que je te touche. C'est facile à imaginer, c'est la dernière image que je garde de ton corps alors que nous étions ensemble. Toutes les nuits me servent désormais à réinventer ce rêve où nous nous retrouvons dans le ravissement de la danse. J'arrive même à soupçonner que mes gants, ma robe t'ont enfin donné la conscience de mon amour.

On m'a dit que tu allais toujours à ce café et que tu buvais beaucoup depuis quelque temps. Tes amis m'ont dit que tu t'étais renseigné à mon sujet. Je leur ai dit que je t'aimais. Du moins, c'est ce que je me tue à répéter à cet homme qui ne parle jamais et qui m'écoute. Il y a des jours où je perds la tête. Je t'écris encore de longues lettres et cherche une façon d'enlever ces gants qui m'empêchent de t'atteindre. Mais je n'y arrive pas par mes propres moyens. Je dois demander de l'aide. Si on ne me les enlève pas bientôt, je crois que je devrai avoir recours aux médicaments. C'est pourquoi je ne cesse de demander au docteur qui m'écoute, sans broncher, *s'il vous plaît enlevez-moi ces gants.* Lui, il reste à la fenêtre, immobile, à fixer quelque chose que j'ignore. Parfois, je me demande à quoi il pense. Personne, pas même moi, n'arrive à deviner ce que, lui, il ressent lorsqu'il perd la tête à cause d'une femme.

Devant ses yeux aveugles

Depuis quelque temps, je me sens épiée. J'ai beau m'asseoir près de la fenêtre, j'ai la certitude que tous mes amis me surveillent. Mais le pire... c'est cette impression, le sentiment étrange que même les objets de cette classe m'observent : les bureaux sagement alignés, le tableau, les livres, surtout les livres. Derrière moi, on chuchote. Lorsque je suis entrée, on m'a dit *n'y pense plus, ça va passer.* Ils ne sont pas dupes les élèves de cette classe. Eux, ils savent, j'en suis certaine. D'ailleurs, tout le monde le sait. Sauf toi. Et pourtant ça crève les yeux. Même un inconnu le devinerait tout de suite. D'ailleurs, il me semble que cela paraît à cause de cette voix méchante qui ricane en moi *mademoiselle, debout, on sait tout, avouez !* La voix résonne haut et très fort dans ma tête. *Allez petit cœur, parle, mais parle donc !* Ce sont toutes ces pensées que je ne sais empêcher qui me font mal. Pour cette raison, je reste muette comme une tombe. Le reste, de toute manière, parle à ma place. Mes fréquentes rougeurs en classe, mes balbutiements et, quand tu m'interroges, mes airs rêveurs, presque stupides. Mes trous de mémoire, ils sont immanquables, parce que je ne me possède plus quand tu lèves ton regard sur moi. Chaque fois que ça arrive, les autres élèves rient. C'est qu'ils savent la vérité. Toi, tu ne t'es rendu compte de rien. Pourtant tu es malin. Mais il y a des évidences qui échappent même aux plus futés. Seulement voilà, on m'a annoncé tantôt au téléphone que tu ne pouvais pas te rendre compte. Désormais, cette vérité que j'ai cherché à te dissimuler t'échappera pour toujours.

Depuis que je suis entrée, personne ne parle. Je m'assois près de la fenêtre. C'est une habitude que j'ai prise depuis que je vais à l'école. J'aime pouvoir regarder dehors quand je pense. Cela n'a rien à voir avec le fait que je ne désire pas écouter. Je ne désire même que ça. Si tu savais comme je voudrais t'écouter aujourd'hui, comme j'aimerais t'entendre parler. Mais tantôt, on m'a fait comprendre que tu ne parlais plus, on m'a dit que maintenant, tu gardais le silence toi aussi. J'ignore si tu recevras cette lettre, je l'ignore vraiment. Mais je continue de l'écrire parce que c'est la seule chose à faire en ce moment. De temps à autre, je regarde par la fenêtre... qui me regarde aussi.

Les professeurs devraient toujours se méfier des élèves qui s'assoient près des fenêtres. Mais les professeurs ne savent rien. On est obligé de tout leur montrer. De leur expliquer. Et puis il faut s'exprimer en classe. Moi je ne parle pas. J'en suis incapable. J'écris des lettres. Ça fait déjà une vingtaine que je t'écris depuis le début de l'année. Parfois, j'imagine que j'ai le courage de te les envoyer, je fais semblant de croire que tu les lis. Mais on m'a fait savoir au téléphone que tu ne lisais plus, on m'a dit que, de toute façon, tu n'allais plus jamais lire aucune lettre. À quoi bon alors te les envoyer ? Je regarde mes lettres, les déplie lentement et commence à lire. Cela m'embarrasse. Il arrive toujours un moment dans la lettre qui me bouleverse, une phrase ou un mot qui me met tout à l'envers et, finalement, je ne peux pas me résoudre à continuer. J'éclate de rire, je ris à en perdre le souffle, tête repliée sur mes bras. Personne ne fait de remarques. Je me dis que je dois être complètement folle.

Je sors en courant. Je cours de toutes mes forces en serrant mes lettres contre moi sans savoir où je vais.

Une fois seulement j'ai essayé d'en parler à ma tante Léa. Elle n'est pas mariée, la tante Léa, mais je sais qu'elle comprend. Je vois ça dans sa manière d'être une femme. Léa habite une petite maison, très jolie, elle vit avec son fils adoptif Nika. Ainsi l'autre jour, j'étais chez elle dans la cuisine. *Et puis l'école ?* elle me demande comme ça. *Comment ça va ?* Comme elle pose la question de façon ingénue, je me sens à l'aise pour répondre, mais pas complètement. Je réponds que *ça va bien, ça va même très très bien, impeccable, de bonnes notes !* Je me tortille sur ma chaise. C'est que j'ai beaucoup de mal à mentir. Je suis vraiment entière ! Aussi je me mets à sentir cette drôle de boule dans la gorge. Tout à coup ça vient, ça monte vite, une émotion ! Les larmes trop longtemps retenues... explosent par petites saccades indécentes. Je pleure et ma tante Léa, consternée, va me chercher la boîte de papiers mouchoirs. J'en tire un premier, un deuxième, puis finalement un troisième. C'est évidemment l'instant précis que choisit Nika pour faire son entrée dans la cuisine avec son camion de pompier. En d'autres temps, il est tout à fait drôle, mais là franchement, j'aimerais mieux qu'il se trouve ailleurs. Il hurle qu'il vient éteindre les feux, *vroum, vroum, vroum*, il fait le bruit avec sa voix et quand les sons se précipitent de sa bouche, ils portent avec eux ce drôle d'accent vietnamien.

Je me dis qu'il n'arrivera jamais à éteindre le feu qui est en moi, c'est un feu de camp géant, *Nika au secours, je brûle, je brûle* je lui crie soudain. Il m'arrose et les flammes disparaissent comme par enchantement. Il demande pourquoi j'ai des larmes sur mes joues. Je répète plusieurs fois *pour rien, pour rien, c'est à cause de toi qui m'arroses* je dis. Léa touche mon avant-bras, elle me demande tout bas *c'est pas l'amour, par hasard, qui te ferait cet effet-là ?* Surprise, je balbutie mon étonnement *comment fais-tu pour savoir ça, comment faites-vous tous ? Tout le monde est au courant, sauf lui.* Je cogne avec mes poings sur la table, *lui, il ne sait rien, ne se doute pas.* Léa sourit *qui ça lui ?* J'enroule mon kleenex autour du doigt, je l'enroule jusqu'à ce que mon doigt devienne bleu, ça déchire, tout se brise. C'est quand même renversant, je ne parviens pas à dire son nom, dans ma bouche les syllabes se battent, *c'est... il s'appelle...* Léa prête l'oreille... en vain. Je ne parviens pas à dire son nom. Alors elle me lance une petite phrase et ça m'atteint comme un choc, elle murmure doucement *peu importe qui, il va falloir que tu le lui fasses savoir.* Je prends un autre kleenex et je l'enroule de nouveau autour de mon doigt. Nika n'en finit plus de m'arroser pour éteindre le feu.

*   *   *

La phrase de Léa continue de hanter mon esprit. J'essaie par tous les moyens de la chasser. Comment te faire comprendre mon secret ? Tu n'as pas saisi que je t'aimais. Je croyais qu'à force de t'aimer, même en silence, tu devinerais. Maintenant je sais qu'à moins de te le dire, tu ne le sauras jamais. Seulement à quoi bon ? On m'a dit tantôt que tu ne pouvais pas comprendre. Mais je m'en moque, je continue de t'écrire.

Il faut que je te raconte tout depuis le début. Tu seras étonné d'apprendre que si je restais à l'école après les heures de cours, c'était parce que j'étais incapable de quitter les lieux. N'as-tu jamais trouvé surprenant le fait que j'aille à ton bureau, toujours vers les cinq heures, exactement une demi-heure après la fin des classes ? Je dois t'expliquer que, pendant toute cette demi-heure, je m'exerçais à me répéter dans le couloir *j'y vais, j'y vais pas, j'y vais, j'y vais pas* ; ça se transformait invariablement en *j'y vais.* Au terme de ces mille huit cents secondes d'enfer, je parvenais à traverser enfin le seuil de ta porte. Tu levais tes yeux sur moi, sans me saluer ou même t'étonner, comme si ça allait de soi, que je sois là, dans ton bureau, à te demander n'importe quelle sottise qui me passait par la tête au sujet de la matière. Je me penchais alors vers toi *tel passage dans le livre, je n'ai pas compris, ça me paraît obscur,* j'essayais de bien parler et quand je prononçais ce mot-là, *obscur,* j'avais envie de fondre, parce que je me sentais bête à en mourir. Je te trouvais patient. Peut-être, simplement, accomplissais-tu la tâche exemplaire que ton métier exigeait. Tu étais toujours disponible, presque bienveillant, aimable. Mais on m'a fait savoir que tu n'allais plus jamais recevoir personne à ton bureau, personne.

Aujourd'hui j'ai quand même arpenté le couloir en espérant que tu m'ouvrirais la porte. J'ai attendu une demi-heure, une heure, deux heures, tout l'après-midi, j'ai attendu et je me suis résolue à quitter les lieux très tard sans te voir.

Une fois, je t'ai même attendu jusqu'à la tombée du soir. Tu sortais de ton bureau et je me suis cachée pour te suivre. Tu marchais rapidement, à grands pas, je devinais à ton empressement que ce n'était pas le froid qui te donnait tant d'élan, mais autre chose. Je t'ai suivi jusqu'à ce café où tu avais rendez-vous... avec une femme. Je suis restée dehors, rivée comme une sentinelle, à la porte du café. Il me semble encore que jamais de toute ma vie je n'ai eu si froid.

J'accrochais tes examens sur le mur de ma chambre, non pas parce que j'étais fière de mes résultats, mais parce tu y avais laissé négligemment la marque de tes commentaires. Tous les soirs, avant de me coucher, je lisais ces petits bouts de phrase, toujours très courts, qui versaient dans l'anodin *très intéressant, continue,* ou encore qui donnaient dans l'enthousiasme, *bravo pour cette tournure !* Je lisais tes remarques à voix haute, me les répétais et les savourais jusqu'aux petites heures du matin tellement je me trouvais heureuse d'avoir récolté un signe écrit de ta main. Mais ta main, pourquoi parler de ta main, alors qu'on m'a dit tantôt que tu n'écrivais plus. Le matin, je me réveillais, après avoir dormi quelques heures. J'avais hâte d'aller à l'école, je ne déjeunais pas, je courais, mes jambes volaient vers toi. Quand j'entrais en classe, je n'osais te regarder, je passais devant toi, feignais la plus maladroite des indifférences, vite, j'allais m'asseoir à ma place tout près de la fenêtre. J'ouvrais mon cahier pour cacher mon émoi.

Les autres ont rapidement constaté que je ne parlais plus en classe comme autrefois. Peut-être te souviens-tu déjà à quel point j'aimais les faire rire, je trouvais n'importe quoi pour attirer ton attention. Mais tu ne prêtais aucune considération à mes propos, pas une seule fois n'as-tu réagi à ces blagues qui étaient, je dois bien l'admettre à présent, plutôt enfantines, des blagues qui me donnaient toujours un tel sentiment du ridicule qu'au lieu de me taire, je tentais de me racheter avec de nouvelles histoires qui devenaient, tu le devines bien, complètement stupides. Les autres s'esclaffaient et moi, à travers l'énormité de leurs rires, je pouvais m'entendre pleurer. J'aurais tant de fois voulu te faire comprendre à quel point je t'aimais au lieu de mettre en scène ce désarmant spectacle rempli d'un pauvre humour tout criant. Je vibrais d'amour pour toi, je frémissais de rage à ne pas savoir parler, à ignorer l'attitude et les mots justes pour t'atteindre. Mais voilà, on m'a dit qu'on ne pouvait plus t'atteindre désormais.

Quand je parvenais à t'adresser enfin la parole, c'était toujours pour te demander un renseignement qui n'avait de captivant que le simple fait de constituer un pont entre toi et moi. Je posais des tonnes de questions et tu croyais, sans doute, avoir affaire à un petit singe savant. Il n'en fallait rien croire, car

82

pendant que je te demandais *à quel type de narrateur on de-vait avoir recours pour écrire*, j'agonisais d'amour pour toi.

* * *

On m'a annoncé tantôt... on m'a dit... Savais-tu seulement qu'une élève avait failli t'envoyer mille fois cette lettre ? Savais-tu que cette élève, c'était moi ? Comment cet amour pouvait-il t'échapper alors que tu possédais le don inouï d'interpréter les secrets dans les livres ? Comment pouvais-tu être à ce point aveugle alors qu'il te suffisait d'une seule lecture pour saisir les intrigues et les mystères qui se tramaient entre les êtres dans les romans ?

Tout ce que tu nous enseignais en classe, je le copiais sur des feuilles quadrillées. Je transcrivais minutieusement chacune de tes paroles et, le soir venu, je recopiais mes notes dans un cahier noir ; j'écrivais ton nom au-dessus de chacune des pages. J'ai dû écrire ton nom des milliers de fois sur des feuilles. Partout, sur ma table de travail, on peut trouver les syllabes de ton nom.

Mais on m'a bien fait comprendre que toi, désormais, tu ne l'écrivais plus nulle part. Je ne peux admettre cela, ton nom... on m'a dit au téléphone que tu n'en avais plus. On m'a dit... plus jamais.

Tu dois bien te demander pourquoi je t'écris une lettre aussi longue. Tu dois être surpris, j'en conviens. Je crois plutôt que j'imagine ta surprise comme une chose toujours possible, une éventualité qui me troublerait encore malgré ce qu'on m'a annoncé tantôt... Mais je ne pouvais croire personne. Mes oreilles refusaient d'entendre la nouvelle de ton départ. Mais j'ai dû me rendre à l'évidence. Une fois seulement lorsque je t'ai vu partir avec cette femme à tes côtés, j'ai compris que jamais tu ne saurais rien de moi. Alors j'ai voulu disparaître puisque je ne comptais pas à tes yeux. Je le sais maintenant. Je n'étais pour toi qu'une enfant. J'ai cessé d'écrire ton nom, mais je n'ai pas oublié ton visage. Je t'aimais ; j'ai ce regret de ne te l'avoir jamais dit.

Hier encore, j'ai ouvert mes tiroirs

Ma très chère amie, tu sais que je te considère depuis longtemps comme une sœur. J'éprouve, depuis ce matin, la folle envie de t'écrire, de te raconter tout ce qui m'arrive depuis quelque temps. Je dois d'abord t'exprimer toute ma gratitude pour tes remarquables démonstrations de savoir-faire dans l'acceptation et l'expérimentation de ton... attention, grande sœur, voilà le mot que nous nous sommes plu à répéter entre nous en riant comme des folles... de ton hystérie. Tu te doutes bien que si je reviens sur ce sujet passionnant de l'hystérie, c'est qu'il y a une raison particulière. Depuis quelque temps, je m'interroge sur mes comportements (je me plie aux exigences de la mode) et j'en suis venue à la plate conclusion que j'inspirais de la crainte en même temps qu'une certaine fascination. Tu peux me croire, ça ne m'amuse plus beaucoup. Au contraire. Cela m'attriste.

Toi qui peux me comprendre, je dois t'expliquer que ma propre hystérie, définie dans le dictionnaire comme étant *une névrose caractérisée par une exagération des modalités d'expression psychique et affective*, tire sans doute son origine du manque d'attention (je préfère dire affection) que l'on décrit admirablement dans les volumes de psychologie. Manque d'attention dont nous avons vraisemblablement souffert et que la psychanalyse explique par une forme de désarroi ressenti chez la jeune fille qui ne comprend rien au fait que le père semble si indifférent devant sa pubère transformation. Plus de *couchicouchi* sous le menton et voilà, soudain, la jeune adolescente étonnée de ce que son papa devienne si distant. Personnellement, je n'arrive pas à me souvenir d'aucune espèce de forme de *couchicouchigagalebeautibébé* que mon père aurait pu me manifester. L'adolescence ne fut donc pas un choc, mais une découverte. Je pouvais exister aux yeux des hommes et cela représentait vraiment une nouveauté pour moi. Mon si grand besoin d'affection cependant m'a nui considérablement. Des nuits entières j'ai attendu, espéré, souhaité trouver celui qui accepterait chez moi cette légère dysfonction. J'ai beau me rassurer avec des centaines d'hypothèses sur le fait que l'hystérie se soigne, rien n'y fait. Je fais ainsi naître en moi, pendant quelques minutes rédemptrices, de fous espoirs pour sombrer, l'instant d'après, dans un découragement sans fond. Ça m'arrive le matin surtout, juste avant de prendre le premier café. En prenant le second, la tristesse prend des proportions inhumaines. Je t'entends déjà me répondre *coupe le café !* Ton imparable sens de l'humour, grande sœur, m'apporte chaleur et réconfort. Quand je regarde cette fille qui fait de grands gestes en déclamant des phrases mélodramatiques chaque fois qu'on lui demande simplement de servir un verre d'eau, je constate que cette personnalité lui sert de bouclier. Non seulement j'essaie de me défendre contre un envahissement constant de sentiments multiples, mais mieux encore, la compulsive démonstration et l'exagération me protègent de l'ennui quotidien et de la platitude des jours. Et c'est là toute la beauté de l'hystérie qui, généreusement, se consacre au théâtre, au divertissement et à l'animation dans une vie de couple. Le problème, c'est qu'à la longue, ça devient épuisant de tenir un rôle. C'est la raison pour laquelle je suis parfois si exténuée. Je voudrais qu'on éteigne les lumières et que mon personnage aille dormir. Il faut comprendre que personne n'a envie d'être au cirque tous les jours ni d'en être continuellement le centre.

Tu dois certainement te demander alors ce qui me prend de faire ainsi l'éloge de l'hystérie alors que tant de fois je t'ai accusée de cette extravagance. Je crois que je t'enviais de savoir si admirablement composer avec le manque et d'avoir de ces performances qui auraient fait verdir de jalousie les plus grandes comédiennes. Grâce à toi, j'ai compris qu'un petit numéro personnel bien joué apportait beaucoup de gaieté lors d'une soirée vouée à l'échec. Si j'accepte avec humilité ce comportement chez moi, c'est bien parce que je suis totalement impuissante à le contrôler. J'accepte cette impuissance comme une sorte de délivrance. Je n'ai plus l'intention d'entreprendre une thérapie pour apprendre à vivre. Seule une puissance supérieure à moi-même peut maintenant m'aider à retrouver la paix que je cherche depuis toujours.

J'en profite pour te dire toutes ces choses alors que rien ne peut m'arrêter ce soir. Depuis bientôt deux ans, j'écris toutes sortes de lettres... que je n'envoie pas. Je les garde quelques jours, je les relis, puis je les range. Tu comprends que ma commode déborde de ces milliers de débuts... de ces restes... Hier encore, j'ai ouvert mes tiroirs. J'ai décidé que j'enverrais ces lettres aux gens à qui elles appartiennent.

Je sais qu'elles ne sont pas complètes, certaines semblent décousues, plusieurs sont pleines de cette écriture qui m'a souvent laissée en plan, comme ça, au beau milieu d'une phrase. Car je n'arrive plus à terminer quoi que ce soit, grande sœur,

Ça n'a jamais été toi

rien, ni une pièce de musique, ni une lettre, ni mon amour pour...
Sache que ton amitié compte beaucoup pour moi et que j'aimerais bien pouvoir t'écrire un jour que j'ai enfin trouvé la...

L'indigence

Depuis longtemps, ça ne m'était pas arrivé. D'ordinaire, je crois, j'essaie de fuir. Ce soir, je suis restée. J'attends ta venue. Je me trouve pas très loin, dans un bureau situé à côté du tien. Tu ne pourras qu'ouvrir la porte, sortir d'un pas négligent et passer auprès de moi qui suis là. Ce soir, je m'applique merveilleusement à cette tâche difficile, cette chose qu'il m'a toujours été si pénible de traverser : l'attente. J'essaie de le faire avec une telle application que je me demande ce qu'il adviendra du désir que j'ai de toi. Je suis de nouveau face à l'écriture, cette activité solitaire qui me permet de supporter ma vie.

J'avais quinze ans lorsque l'écriture m'a montré le chemin de la patience. À quinze ans, j'attendais de devenir grande, je me disais *plus tard, sois patiente, plus tard, tu connaîtras l'amour*, je me disais *quand tu seras grande, il viendra te rejoindre*. Les hommes se sont succédé, les années les ont froidement dispersés, il n'est rien resté, sauf peut-être quelques marques, des creux, un espace toujours vide, vacant.

À trente ans je suis devenue une femme seule. J'imagine que c'est le lot de plusieurs. Il doit exister partout sur la terre, en Pologne, en Bosnie, en Crète, en Iran, au Québec, des milliers de femmes seules qui se promènent et qui attendent que l'irré-vocable se manifeste. J'attends toujours cet homme, j'attends sa venue peut-être comme on espère la réalisation d'un vieux rêve. Mais trop souvent mes rêves semblent surgir d'un lieu que je connais mal et qui m'échappe.

Hier encore, par exemple, j'ai rêvé que l'on m'endormait avec un chiffon au chloroforme. Je sombrais dans un état bête et profond, je tombais dans le vertige de mes nuits solitaires.

Parfois j'ai peur. J'ai peur que toute cette solitude ne m'avale tout entière. J'ai peur que jamais tu ne sortes de ton bureau ; en même temps, je crains ce moment où tu vas en sortir. Je me dis qu'il me reste quelques minutes, quelques secondes de sursis pour me lever, fermer l'ordinateur, replacer la chaise de ce bureau qui ne m'appartient pas et quitter les lieux, partir, oui, fuir, oublier que j'ai ce rêve, celui d'un homme que j'aime et que j'espère. Pourquoi suis-je en train d'éprouver de la pa-nique à la seule idée que tu puisses venir me rejoindre alors que j'en ai envie ? Pourquoi en même temps suis-je incapable de me résoudre à briser cette attente ?

J'avais vingt ans lorsque pour la première fois j'ai vécu l'in-terminable attente d'un homme. J'étais étudiante alors. Je l'at-tendais tous les jours, à déambuler dans les couloirs, à revenir sur mes pas, à tourner en rond, à errer entre la folie et la sa-gesse. Quand je parvenais au seuil de sa porte, des millions de cellules en moi avaient été brûlées par l'angoisse. Je frappais doucement, je frappais jusqu'à ce que j'entende sa voix me dire *entre*. Il savait chaque fois que c'était moi.

Le plus terrifiant dans cette histoire, c'est que j'ai toujours vingt ans et j'ignore si jamais un jour je vieillirai.

Dans ma vie, des portes se sont ouvertes, d'autres se sont refermées. J'essaie de rester calme, mais parfois la nuit, je me réveille en sursaut. Au cours de toutes ces années, quelque chose

s'est passé, l'absence de cet homme qui serait plus détermi-
nante que sa présence, cette absence comme une vérité que je
n'accepte pas.

Voilà maintenant que la porte s'ouvre. Tu siffles, prends
tes clés, sors du bureau. Tu passes, me dis bonjour. Tu vas
repartir. Je souris. Je souris toujours quand je suis incapable de
dire *reste.* J'ai envie d'écrire toute la soirée, de ne plus bouger
d'ici.

* * *

Depuis quelques jours, je vais mal. Peut-être qu'aller mal
signifie que l'on commence à mieux vivre sa douleur, je ne sais
pas. La nuit, je ne dors pas et quand le jour se lève, je me demande vraiment comment je parviendrai à vivre, à remplir les
heures qui viendront, à remplir quelque chose de très fort qui
m'étreint. Le jour m'apparaît long, vaste, terrifiant. Depuis des
années, je garde ce silence noir, épais, ce silence de pauvre sur
la peur que j'ai de ma mère. Car je dois le dire, ma mère, comme
une maladie, m'est revenue. Et puis il y a toi qui occupes mes
pensées. D'ailleurs, cela m'apparaît étrange, incompréhensible
que tu sois à ce point présent au moment même où se dénouent
ces liens que j'ai toujours entretenus avec ma mère. Je voudrais cesser d'avoir peur. Je voudrais pouvoir enchaîner des
phrases comme autant de barrières à traverser lorsque je te rencontre, mais j'arrive à peine à articuler le mot *bonjour.* J'ai l'impression de revivre une sorte d'enfance un peu lointaine,
refoulée. Des souvenirs me hantent. J'ai peur que plus jamais
ce ne soit possible avec un homme. Cela me terrifie tellement
que je me cache, je me cache comme j'ai toujours fait, je tremble
à ne pas savoir comment prendre la parole, à ne pas savoir comment m'avancer, à ne pas savoir comment faire pour qu'un
homme m'aime. Je voudrais être subitement lavée de toute cette

peur, de cette angoisse qui me fait souffrir. J'essaie de rejoindre mon Dieu, je lui murmure des prières étonnantes, de celles encore que jamais je n'osais révéler. Je ne veux plus être seule. J'ai peine à me lever, à conduire ma voiture, à me diriger vers l'endroit où j'habite, à continuer, à simplement continuer. Les mots, je ne les crie pas, ils sont vibrants, hurlants à l'intérieur de moi, *aidez-moi*.

*   *   *

En relisant tout ce que j'ai pu écrire jusqu'à maintenant, je comprends que je ne m'adresse pas seulement à toi, mais à quelqu'un d'autre en moi qui a soif d'une parole plus libre. Tu deviens, en quelque sorte, l'occasion d'une confidence. J'ai recommencé à relire cet étrange journal qui t'est adressé, cette lettre que je ne parviens pas à t'écrire jusqu'au bout. Je sens mon cœur battre. En cherchant à te rejoindre, une autre parole s'installe, des révélations imprévisibles se font entendre. Il y a eu la catastrophe. Mais je suis vivante. J'ai parlé à ma mère. Une autre que moi l'a fait, quelqu'un qui n'en avait pas trouvé le courage pendant longtemps. J'avais préparé ces mots difficilement, mois après mois, puis il y a eu toi qui me disais que la douleur se résorbait quand on plongeait dans le vide, tu disais le vide comme une surface glacée que l'on n'attend pas, le vide c'est au moment de plonger, après ça devient autre chose. J'ai plongé et je n'ai plus peur désormais, seulement je ne m'habitue pas à cette absence d'angoisse. La liberté me fait chercher de nouveaux monstres. Cela me fait rire, cette idée d'inventer un souvenir, mais j'en ai envie. On m'a dit que les enfants inventent des souvenirs au sujet de leurs parents. Voici ce que j'invente au sujet de mon père puisque de lui je n'ai aucun souvenir.

Il était une fois un homme qui aimait passionnément sa petite fille. Il en oubliait tout le reste. Quand elle se réfugiait dans ses bras, il arrêtait toute activité. Elle seule comptait. Il riait et l'appelait par des noms gentils comme probablement petit loup ou bébé, je ne sais pas, j'invente vous pensez bien, lorsqu'il n'y a plus rien, il faut bien trouver quelque chose. La petite fille évidemment l'aimait à la folie. Des photos sont restées, elles témoignent de cette histoire, des images où le père rit, des images où l'enfant a les yeux perçants, les yeux de la vie, les yeux où l'on sent que le ciel est à sa portée. De cette première histoire d'amour, impossible de me souvenir, et je pense que pour cette raison même, j'aime les histoires d'amour impossibles.

*   *   *

Alors comme chaque fois que je suis bouleversée... j'écris. N'importe quoi au début. L'idée c'est de me raccrocher à quelque chose. Je commence par décrire la neige. Celle qui s'acharne dehors, qui balaie les rues, celle qui réduit à l'immobilité... la neige que le vent emporte, souffle dans nos fenêtres, la neige qui chasse parfois les mauvais souvenirs, se déplace, étourdissante, fascinante.

Je ne pense à rien de précis. Noël approche. Dans la maison il n'y a pas de sapin, pas de crèche, je n'ai fait aucun cadeau. J'ai le cœur en paix. Je ne pense à rien de précis, sauf peut-être à cette tempête dehors qui me donne pourtant envie de sortir. Je ne me pose pas de questions. Je prends mes clés, je sors, je fais tourner le moteur de ma voiture. Je m'en vais sur la route, je sais que je vais quelque part, mais j'ignore où, je ne sais même pas pourquoi je dois y aller. La seule chose dont je suis certaine, c'est que je dois y aller.

J'arrive à mon bureau. Lumière éteinte. Des traces de pas sur le tapis ocre, des traces qui ont laissé une certaine humidité, on est venu vérifier quelque chose. Je vais voir si la lumière de ton bureau est allumée. Maintenant que nous ne nous parlons plus, le seul et maigre espoir qui me reste, c'est le filtre de lumière qui se glisse sous ta porte fermée. Car depuis des jours et des jours, ta porte, elle est toujours fermée.

Aujourd'hui je ne sais pas pourquoi je suis là, à t'attendre encore. J'ouvre mon bureau. J'allume la lumière. Je regarde les objets comme s'ils n'étaient pas les miens. Je ne sais pas combien de temps je vais rester. J'ignore même si aujourd'hui tu viendras. Car si je viens comme ça durant les vacances, si je traverse le couloir des centaines de fois par jour, c'est seulement pour te voir.

Je m'assois. Le téléphone sonne. Je réponds. C'est une fille qui veut te parler. Mon cœur bat. Il faudra que je me lève, que j'aille vérifier si tu es bien là, que je dise ton nom tout haut, que je m'adresse à toi. Je dis *un instant, je vais voir s'il est là.* On dirait que ces mots, d'apparente banalité, c'est une autre que moi qui les dit. Au moment où je m'apprête à me lever, à me diriger vers ton bureau, tu arrives, manteau sur le dos, tu es pressé, tu passes vite devant moi, tu as l'air de fuir. Je t'appelle par ton nom. J'entends ma voix qui dit ton nom. On dirait ma mère qui appelle son mari. Le choc que j'éprouve en entendant cette voix, celle de ma mère, ce choc est merveilleux et redoutable à la fois. Je suis venue pour prendre un appel qui t'était destiné. Je suis venue aujourd'hui pour dire ton nom à voix haute et t'entendre dire le mien. Tu es reparti prendre l'appel. Quand tu es passé près de mon bureau, nous ne nous sommes pas regardés. Tu m'as dit bonjour puis tu m'as appelée par mon nom. Je ne sais pas pourquoi je tiens cette sorte de journal intime dont tu es le principal sujet. Tantôt j'ai cherché ton numéro dans le bottin, je me disais que j'aurais du mal à retracer ton nom à travers les quelques autres pareils au tien, comme si tu ne pouvais pas être unique, comme s'il y en avait d'autres pour me protéger de toi, je suis restée surprise quand j'ai vu que tu étais le seul, j'ai eu peur quand j'ai vu ton numéro comme s'il m'était déjà familier, comme s'il ne me suffisait plus maintenant que d'une certaine audace pour le composer.

Quand je parle de toi, je fais attention pour ne pas mentionner ton nom. Mais dans mon cœur, ton nom résonne comme un chant. Je le répète plusieurs fois par jour et cela ressemble étrangement à un cri joyeux, un appel. Je me demande si je te reverrai de nouveau demain. Je pense que oui, pour la dernière fois, avant les vacances de Noël. J'aime à penser que oui.

*   *   *

Je rencontre un homme une fois par semaine. On m'a dit *il faut voir quelqu'un pour ce genre de problème. Vous pensez beaucoup trop*, on m'a dit *il faut vous libérer.* Je lui parle. C'est la première fois que je n'ai pas à briser la froideur chez un thérapeute. Je n'aime pas les spécialistes, qu'ils soient analystes ou psychologues d'écoles diverses, ils ignorent, pour la plupart, comment procéder en dehors de ce qu'ils ont appris dans les livres, ils ont du mal à expérimenter. Lui, il est différent des autres. Je ne lui ai pas encore parlé de toi. Je me dis peut-être que je n'aurai pas à le faire. Peut-être que très bientôt je t'oublierai. Cette fille qui a téléphoné... Tu dois bien avoir quelqu'un dans ta vie... J'ai quelques jours de distance pour t'oublier. On m'a suggéré de prendre des vacances. Je vais m'efforcer de ne plus penser à toi. Je regrette de ne pas t'avoir regardé lorsque tu es parti. Je ne t'ai pas suivi des yeux. J'ai tenu tant que j'ai pu, tenu mon cœur fermé pendant que tu t'éloignais. Tandis que je supporte cet éloignement jusqu'à sa limite, j'imagine que demain, oui demain, je te reverrai. Je veux me sentir vivante. Je veux marcher vers toi, au risque de me tromper, de me faire mal. Je veux sentir que je suis vivante, là, en dedans de moi, vivante, même si tu ignores que tu occupes mes pensées. Je t'appelle. Ton numéro de téléphone, je l'ai vu une fois, je le sais par cœur. Je n'ose pas vérifier dans le bottin de peur de constater à quel point ce numéro ne m'est déjà plus inconnu. J'ai peur du soir où, dans un débordement, un déraisonnement incontrôlable, je vais m'emparer du téléphone et composer le numéro. Je me vois déjà grelottant dans une boîte téléphonique, je ne t'appellerai pas de chez moi, car je ne veux pas que tu saches que c'est moi, pas tout de suite, je me vois, les deux mains arrimées, désir accroché à ta voix qui répond sans savoir, je me vois déposer le combiné une fois que tu auras répondu. Tourmentée. Mais je ne vais pas en mourir. Je t'aimerai. Peut-être. Je voudrais t'aimer. Laisse-moi t'aimer. Ouvre ta porte. Ne pars pas tout de suite. Je veux te toucher, pas tout de suite, attends encore. Un soir, ta porte sera ouverte. J'avancerai. Tu lèveras la tête. Impossible de reculer, d'éviter, de contourner. Nous serons face à face. Je sais cela. Je le sais depuis ce fameux soir où nous avons parlé très longtemps en oubliant les heures. Mes yeux. Tu m'as regardée. Tu as dit que tu connaissais mes yeux depuis toujours. Tu as ajouté que tu les voyais comme jamais encore tu ne les avais vus. Le geste vers moi que tu as retenu à ce moment-là. Je voudrais. Marcher à tes côtés. Je voudrais. Prendre ta main. Je voudrais. Commencer à te parler. Je voudrais. Ne plus avoir à écrire ces choses.

* * *

Mes frères et mes sœurs m'appellent. Plusieurs fois par semaine. J'ai désobéi à la loi familiale. Je me trouve en dehors

96

du cercle. Au début il y a eu les pleurs, après, les insultes, ensuite les menaces. J'ai mal partout. Quand je marche debout sur mes deux jambes, j'éprouve cette bizarre impression de jamais vu. Devant moi, la route est longue. L'image qui me vient tout de suite en tête, c'est celle d'un autobus rempli de cris, de témoins, de violence fermée, un autobus qui roule à toute vitesse sur un chemin de campagne poussiéreux, les fenêtres sont closes, on étouffe, on meurt par en dedans, on se tait surtout par crainte de dire quelque chose qui déplaise au chef. Je viens d'ouvrir la porte, on crie derrière moi, je viens de sauter. L'autobus continue de rouler, car le conducteur ne peut plus arrêter, la machine est en marche depuis trop longtemps, des heures, des jours, des mois, des années... L'autobus s'éloigne. Moi, je m'étonne de constater que mon cœur bat encore, il bat très vite. Peut-être va-t-il exploser ? Mais non. Je ne connais rien de l'étape qui va suivre. Je marche debout, je marche droit devant, je ne regarde pas derrière, car derrière c'est déjà loin.

Je ne pense pas beaucoup à toi quand j'écris ces choses. Parfois ton visage m'apparaît. Puis disparaît aussitôt. Je me dis que je vais couper mes cheveux. Pour voir à quoi ressemble mon visage quand il est presque nu. Déjà, je me sens nue. Parfois la nuit, j'ai l'impression d'entendre le vrombissement de l'autobus comme s'il me poursuivait. Heureusement, je me retrouve ailleurs, sur une autre planète.

Ma mère est une étrangère. Mon père est un étranger. J'ai brisé le cercle vicieux de ma dépendance. J'ai franchi la frontière, je me trouve de l'autre côté. De l'autre côté... de l'autre... Je ne sais plus de quel côté au juste. Je fumerais une cigarette. J'ai envie de me couper les cheveux. Je ne pense plus beaucoup à toi. Cela m'étonne. Je me demande seulement ce que tu fais en ce moment. Cette nuit, j'ai rêvé au premier homme que j'ai aimé. Nous marchions ensemble côte à côte, nous marchions. J'ai oublié le reste de l'histoire. Je ne me souviens presque plus de rien. Je viens probablement de naître. Tout est si loin derrière. Tous les jours, je t'écris. Même si j'ai fini aussi par t'oublier. Je me demande si... je me demande toujours si... Tous les jours, maintenant, j'écris des lettres. Galerie. Je ne sais pas pourquoi ce mot m'est venu subitement à l'esprit. Je distingue un paysage à travers les barreaux d'une galerie en acier. Je suis une enfant. J'ignore mon âge. J'ai toujours ignoré mon âge. Des enfants jouent. Je voudrais quitter cette galerie pour aller jouer avec les autres. Mais ma mère a peur que je prenne la fuite, elle m'a attachée. J'attends dehors toute la journée comme un chien. Je regarde la neige tomber, je mange la neige. Je voudrais commencer à courir.

Je cours tout le temps. Je vais vite. Je parle vite, je mange vite, j'avale vite, je fais tout toujours trop vite. Je voudrais ralentir. Je voudrais prendre mon temps. Si je me coupe les cheveux demain, je vais me décider encore une fois, très vite. Si je me coupe les cheveux, certains diront que je ressemble à un garçon. Je ne veux pas ressembler à un garçon. Je veux ressembler à une femme. Ma mère me coupe toujours les cheveux trop courts. Je pleure. Je voudrais avoir les cheveux longs et je voudrais me couper les cheveux. Je ne sais pas pourquoi, c'est toujours ainsi. Si je me coupe les cheveux, je deviendrai une autre personne, je m'observerai dans le miroir et je verrai quelqu'un d'autre. Je vieillis, j'ai des rides. Et pourtant je suis encore jeune. Je lis le manuscrit de Baptiste dans mon bain. Baptiste, c'est mon ami, une sorte de frère de sang. Quand je lis un manuscrit, je sais alors que je n'aime plus les livres ni les grands écrivains ni rien de ce qui est fixé, déterminé, sablé, poli et glacé. Quand je lis les grands livres, il me semble alors que je n'ai plus de place, j'ai l'impression que le livre me ment impunément, tandis qu'avec le manuscrit de Baptiste, j'ai le sentiment qu'un être humain me parle. J'ai la certitude alors qu'il est près de moi, tout juste à côté. J'ai la nette impression alors d'avoir 20 ans, d'être folle, d'être perdue, d'être navrante de solitude. Quand je lis ce que Baptiste écrit, je suis convaincue qu'il existe même s'il affirme le contraire. Baptiste me donne envie d'écrire. Mais pas les grands écrivains. Les grands écrivains sont parfois ennuyeux à force d'être devenus parfaits comme les statues. C'est difficile à expliquer. J'aime Baptiste, je n'aime plus les livres. Je déteste les livres, ils cachent la vérité, les rayures, les souffrances, les démons, le vide, ils se prennent pour Dieu, parfois les livres. Ils racontent des mensonges auxquels on croit trop fort et après on reste pris avec eux. Je m'ennuie de Baptiste. Parfois nous parlons ensemble comme nous écrivons. J'aime beaucoup Baptiste. Il ne raconte pas trop d'histoires. Je n'aime pas vraiment les livres qui vous racontent absolument une histoire. D'ailleurs pourquoi faut-il toujours qu'il y ait une histoire ? Tu vois, c'est comme avec toi. Pourquoi faut-il que nous ayons une histoire ? Je peux très bien rester dans ce bureau qui se trouve auprès du tien, je pourrais rester tous les soirs et t'attendre, t'attendre sans qu'il ne se passe rien. Je crois que je le peux.

Ce soir je n'ai pas envie d'aller dormir. J'ai envie d'écrire, mais je n'ai rien de particulier à te dire. Tu es loin. Je peux voir ton visage, je le vois et puis tout à coup, il s'efface. Un trou de mémoire. Où es-tu ? De quel côté ? Moi je marche loin de toute famille. Où se trouve ma vraie famille ? Mon vrai mari ? Mes véritables origines ? Ma vie ? De quel côté ?

Mon chien ne se pose pas toutes ces questions. Mon chien mâche un bout de plastique que je viens de lui donner. Il mâche et le bruit m'énerve. J'aime bien être énervée par mon chien. Le bruit insistant de ses mâchoires sur le plastique, l'acharnement qu'il y met, voilà les menus faits de mon existence, cette solitude. J'aime mon chien, sa tête est douce. Je n'ai jamais caressé une tête aussi douce de toute ma vie. Même une tête d'enfant n'est jamais aussi douce. Une tête d'enfant, c'est affreux. On voit les os du crâne, fragiles, si fragiles, on pourrait les fracasser, puis progressivement ces os deviennent durs, ces os enveloppent une pensée qui, à son tour, devient rigide et adulte. Une tête d'enfant, c'est presque inimaginable. Mon chien ne pense pas à toutes ces choses. Mon chien court comme un fou quand il aperçoit mon amie Véra. Il court comme un défoncé qui ne connaît aucune ruse. Véra adore mon chien. Mon chien adore Véra. Véra est mon amie. Je suis l'amie de Véra. J'ignore pourquoi les choses sont ainsi. Je n'aime pas utiliser le verbe être. Mais je l'utilise quand même. Je devrais aller dormir. Je devrais continuer à parler de Véra. Je veux t'écrire quelque chose, mais je tourne en rond. J'ai rencontré Véra il y a quelques mois. Un peu avant de sauter en bas de l'autobus. Elle m'attendait à un coin de rue. Je ne sais pas pourquoi je pense à Réjean Ducharme quand j'écris ça. Véra m'attendait au coin de la rue. On a failli se manquer. Elle m'a demandé si je voulais continuer à marcher encore pendant un moment. J'ai dit oui. Depuis ce temps-là, on marche ensemble. On fait un kilomètre chaque jour et, à chaque journée, on ajoute un kilomètre. C'est comme ça. On rencontre des tas de gens. On leur envoie la main. Quand j'écris ça, je pense à Gertrude Stein. J'aime beaucoup Gertrude Stein, plus que Baptiste, tiens tout à coup je panique, car je me demande où j'ai mis le livre *Wars I Have Seen*, je me demande si je l'ai perdu, je l'ai tellement traîné avec moi, partout, je me demande si je ne l'ai pas oublié quelque part. Je panique. Je me dis que je vais me lever pour aller voir dans ma bibliothèque, pour trouver quelque chose que je ne lirai plus de toute façon, pour voir seulement si j'ai encore cette chose. Non. Je n'irai pas. Je reste collée à mon ordinateur. Je vais relire ce que j'ai écrit pour savoir où j'en étais. Je disais que Véra et moi, on rencontrait un tas de gens. Tout le monde connaît Véra, mais personne ne la connaît vraiment. Nous avons fait un voyage ensemble aujourd'hui. Je m'étonne de l'extraordinaire simplicité de notre rencontre. Rien de compliqué ou d'extravagant. Nous avons commencé à parler, très peu, juste assez. Après nous avons marché. Nous marchons, tous les jours maintenant. Nous marchons et nous parlons très peu. Nous parlons du soleil, du vent qui fait plier les arbres, des rafales de neige, puis surtout, nous nous taisons. Il n'y a rien à dire. Tout est si simple avec Véra.

Je voudrais parler de Baptiste, te dire qu'il est seul, très seul. Baptiste, c'est un animal sauvage. Quand il parle, il met vraiment son honneur dans l'éblouissante capacité à dire des choses différentes de celles qu'on entend d'ordinaire. Baptiste a l'esprit de contradiction. Baptiste Laverrière. Je sais que ce n'est pas son vrai nom, qu'importe, pour moi, il s'appelle Baptiste Laverrière. Seulement voilà, pour l'instant, j'ai épuisé le sujet.

Je voudrais parler avec toi. Mais ce n'est pas simple. Je voudrais ne jamais aborder avec toi le sujet du temps qu'il fait. Peine perdue. En ce moment, il fait très froid. C'est l'hiver. Les fenêtres sont toutes givrées dans la maison. Dehors ça fait le même bruit que celui des crocs de mon chien sur le plastique. Ça craque de partout. Je ne pense pas du tout au moment où je te reverrai. Je mens bien sûr. Quand je te reverrai, j'aurai peut-être les cheveux courts. J'aurai les cheveux courts et tu feras semblant de ne pas me reconnaître. Ça ne me dérangera pas. Je mens encore une fois. Je me dirai, c'est parce que j'ai les cheveux courts qu'il ne me reconnaît pas. Je ferai comme si j'étais une autre femme et toi, un autre homme. Alors tout sera de nouveau possible puisque nous serons différents. Du moins, j'essaierai d'y croire pendant un moment. Puis une fois de plus, tu seras pris au dépouru devant moi. Tu parleras comme si tout dépendait alors de ta parole. Tu parleras sans pouvoir t'arrêter de peur que je m'en aille si jamais tu gardais le silence. Tu parleras de toutes ces choses savantes auxquelles tu te raccroches pour ne pas aimer, tu m'entretiendras de sujets très éloignés de toi et de moi, ta voix fléchira par moments, j'aurai envie alors de t'effrayer en te disant que j'aimerais bien dormir avec toi. J'aimerais bien dormir avec toi.

Toutes les nuits, je me réveille. Le silence de la nuit m'effraie et me rassure en même temps. J'écris. Mon chien veut jouer. Il quitte la pièce puis revient me tourmenter. Il pose la patte sur moi, attend quelque chose, attend lui aussi. Puis il se couche. Le bruit de ses os, de son corps qui s'abandonne, le bruit, encore une fois, d'un corps qui soupire, qui s'affaisse, qui tombe dans l'attente, ce bruit-là me réconforte.

J'ai toujours vu mon chien comme un être qui sentait tout. Je ne peux pas en dire autant de moi. Je ne peux pas dire que je sens tout. En ce moment, je vis des choses bouleversantes et je n'ai pas envie d'en parler. Ces choses m'ennuient profondément. Je me sens loin des miens. Mon chien vient de sortir de la pièce, il y entre à nouveau, s'affaisse une fois de plus sur le tapis derrière moi. Je ne m'ennuie pas. Je goûte le temps qui passe. Je ne me sens plus bousculée, j'avance vers demain, j'avance vers l'inconnu, j'écris, je marche, je me calme, je viens de me souvenir qu'un homme m'a rapporté mes effets, un pyjama bleu, un livre, *Wars I Have Seen*, un carnet, une paire de boucles, ces effets rapportés pêle-mêle dans un sac et marquant ainsi la fin de notre relation. Relation. Quel drôle de mot ! La fin. Quel mot impossible ! Je ne suis jamais capable d'imaginer la fin de quoi que ce soit. Et j'ai froid. J'ai vraiment froid tout à coup. Mon chien quitte la pièce une fois de plus, puis revient. Cyrano se couche (disons que c'est le nom de mon chien) et quand il voit qu'il n'y a vraiment plus rien à faire avec moi, il mâche le tapis. Je dis non. Je n'arrête pas de dire non. Tout le temps. Je dis non. Vous m'avez bien compris ? C'est non !

Je me demande à qui j'écris. On dirait que ton absence m'oblige à oublier que je m'adresse à toi. Je parle peut-être aussi à Dieu. Dieu, je te parle. Dieu, je ne peux pas m'empêcher d'écrire. Je me réveille la nuit et j'ai du mal à m'endormir. Je sens mon cœur battre très fort et j'ai froid. Mes mains sont gelées. Je voudrais tendre la main, ouvrir mon âme, je suis transpercée par le froid, me comprends-tu ? Me vois-tu seulement ?

Mon chien ferme les yeux. Moi aussi. Je connais d'instinct les touches de mon clavier. Je n'ai qu'à poser les doigts au bon endroit. Les doigts sur les touches et... si je fais des erreurs, je recommence, c'est tout. Je n'ouvre pas les yeux. Je me dis, tiens, pour une fois, je vais faire confiance, je vais écouter totalement le son de mon être et laisser mes doigts obéir à sa loi. Je n'ouvre pas les yeux. Je n'ouvre pas. Mes doigts courent sur le clavier. Il ne faut pas que mes doigts courent, ils doivent obéir à une impulsion, à la voix qui les commande, à la voix qui surgit depuis l'intérieur. Je n'ai plus froid.

Une fois aussi, j'ai essayé la même chose au piano. Il suffit simplement qu'au départ mes doigts se posent au bon endroit. Ce n'est pas aussi évident que vous le croyez. Tiens, c'est bizarre, j'ai encore oublié que je m'adressais à toi. J'ai peur de t'oublier. Je ne veux pas. Ton absence est devenue si légère, elle ne me pèse pas. Nous n'avons pas de relation. Nous n'avons pas d'histoire. Nous ne parlons pas. Tu me tourmentes pourtant. Je voudrais te rencontrer par hasard. Demain, je me ferai probablement couper les cheveux. Demain, pourquoi demain ?

Je verrai. J'ouvre les yeux. L'écriture sur mon écran est jaune.
J'ai un très vieil ordinateur. Je m'en moque. Le principe reste
le même, la machine peut bien se prévaloir de gadgets divers,
vient toujours le moment où on doit faire face à l'écran, au vide
qui vous place dans l'état si particulier de la solitude totale.
Cette dernière phrase est plutôt d'un chic, je me méfie de ce
genre de phrases qu'on risque de souligner dans un livre. J'aime
et je préfère écrire, mon chien dort. Voilà. Mon chien dort.
Enfin, presque. Et puis après ? Je ne sais plus. Je pense à
Baptiste tout à coup. J'ai encore envie de lui parler, de lui
demander... non, de lui faire savoir que je mentionne son nom,
quelque part dans cette lettre, et qu'il existe. Pour toi, ça ne
fait peut-être pas de différence, mais pour Baptiste, je pense
que cela en fait une. Baptiste, je parle de toi dans cette lettre,
le savais-tu ?

J'éprouve le désir de sortir de ce bureau. J'ai envie de me
diriger vers ta porte, de frapper jusqu'à ce que tu m'ouvres,
j'ai envie de rester sur le seuil à ne pas savoir quoi dire, de
rester longtemps comme ça à ne rien dire jusqu'à ce que ça
devienne, en quelque sorte, intolérable. Au lieu, je vais aller
me faire couper les cheveux. Je me demande si Véra s'est
réveillée cette nuit. Je pourrais composer son numéro de
téléphone et le lui demander. Mais je sais par intuition que Véra
ne se réveille jamais la nuit, elle dort, conscience en paix. Je
ne l'appellerai pas. Elle aime quand on frappe chez elle, peu
importe le moment, elle aime que les choses restent simples.
Je ne sais pas pourquoi je parle de Véra. C'est mon amie. Depuis
quelque temps, j'ai des amis. Avant j'étais toujours toute seule.
Toujours isolée. Je luttais. Aujourd'hui je ne lutte plus. Je me
laisse conduire par les secondes, les minutes, les heures. Je
goûte la vie, morceau par morceau, sans prévoir, sans planifier,

sans organiser. Je ne sais même pas ce que je vais faire tantôt. J'ignore même quelle sera la prochaine phrase de cette lettre.

J'ai envie d'aller frapper à ta porte. Je voudrais qu'on m'ouvre. Qu'il n'y ait plus, pour un bref instant, de mots entre nous. Je te fais face. Pas d'alcool, pas de cigarettes, pas d'engourdissement possible. Même les mots nous fuient. Tu n'oses pas me regarder. J'essaie d'ouvrir la bouche, en vain. Ton corps s'est retourné. Je m'avance vers toi, je mets une main sur tes cheveux. Tu me demandes ce que je veux. Je te dis que je ne veux rien, j'aime dire que je ne veux rien alors que ça doit être faux puisqu'on veut toujours quelque chose, on veut embrasser, on veut bousculer, on veut être bouleversé, on veut aller un peu plus loin. Je ne veux rien. Ne me crois pas tout à fait. J'aimerais pouvoir écrire ton nom. Je n'arrive pas à t'en inventer un. N'importe quel autre nom ne sera jamais le tien. Toi et moi. Cette réalité existe-t-elle quelque part ? Où ?

Nous sommes aujourd'hui mardi. Je t'écris encore. Tant que je ne sentirai plus la folie de nommer, je continuerai à t'écrire. Je suis folle. On me l'a dit. Il y a longtemps que je le sais. Tantôt, lorsque je poursuivrai cette lettre, j'aurai les cheveux courts et, pendant un instant, j'aurai la brève impression que je suis une autre. Peut-être alors irai-je frapper à ta porte. Il fait très froid dehors. Je n'ai plus envie de sortir pour aller quelque part ; à vrai dire, je ne veux aller nulle part. Je veux rester ici dans ce bureau à t'attendre. Pour tout dire, je ne t'attends plus, je veux dire que je ne souffre plus d'avoir à t'attendre. C'est plus juste. J'aimerais bien retrouver le livre de Gertrude Stein.

Je suis seule aujourd'hui. Il est déjà tard. J'ai plusieurs choses à dire. Je dois commencer par ne rien faire d'abord. Le piano. Je pense jouer du piano. Mais je ne trouve plus la façon de composer. Je bloque. Je sais aussi que je dois terminer mes autres lettres, je m'attarde à celle-ci, je m'y jette parce que là, maintenant, c'est la seule chose qui m'importe. Je me sens dans une position assez confortable pour écrire, je suis légèrement angoissée.

Tantôt j'ai essayé de rejoindre Baptiste. Il n'était pas là. J'ai parlé à sa mère. Je n'aime parler avec la mère de personne. Mon chien jappe alors que j'écris cette phrase, je sais bien que cela n'a rien à voir, mais je trouve intéressant le fait qu'il jappe à ce moment précis. Il se calme. Pas moi. Je lui dis de se taire. Il s'en fout. Je tire trois cartes du jeu de tarots qui se trouve près de mon ordinateur. La fatalité, le despotisme et la réussite. Quel mélange ! J'ai coupé mes cheveux. Je ressemble encore à une femme. J'ai barbouillé ma bouche de rouge à lèvres. J'ai allumé des chandelles, celles que Baptiste m'a données, car il m'a donné des chandelles. Elles brûlent lentement. Ce soir, il n'y a rien. Seuls le silence et le vent violent, la froidure de l'hiver. Je ne regarde pas la télévision. Je ne la regarde jamais. Je n'écoute pas beaucoup de musique non plus. Je reste seule avec mon cœur qui bat toujours trop vite, je reste seule devant ce téléphone devenu muet depuis quelques jours, depuis que j'ai, semble-t-il, tué ma mère. On m'a dit qu'à cause des traitements, je suis devenue cinglée, moi je leur dis que ce n'est pas à cause des traitements, moi je dis que je suis folle depuis toujours. Je ris. Je ris parce que je sais bien que c'est inutile d'essayer d'être comprise. Pour être franche, je ne ris pas vraiment. Que dirais-tu si j'allais te voir dans ton bureau, si je m'assoyais comme le font parfois ceux qui ne savent plus où aller ? Si je restais là, longtemps, à fixer tes murs, sans parler, quelle parole trouverais-tu pour me chasser ? Me chasserais-tu ? Me résisterais-tu ? Qui es-tu ?

Cet après-midi je suis allée manger chez Véra dans sa famille. Je n'aime pas les familles. Nous avons fait des frites. Ma voiture laisse échapper de l'huile. Il y a un lien intéressant

entre ces deux phrases. Il faudra que j'aille faire réparer la voiture. Je ne veux plus de voiture, plus d'ennui. Je préfère
marcher. J'ai toujours préféré cela. Dans la marche, la pensée
se maintient à un rythme respectable. En voiture, on pense toujours trop vite. C'est comme cela. Tout à coup, je me sens très
seule. Je vais téléphoner à une amie. Une voix me dit *veuillez
raccrocher et composer de nouveau*. Elle répète *veuillez raccrocher et composer de nouveau*. Quand je réussis à placer l'appel, le répondeur laisse entendre une voix mécanique. Je parle.
Les répondeurs ne m'embarrassent pas. Je parle comme j'écris,
je dis à peu près n'importe quoi d'aussi fondamental que *bonjour, je vais bien, toi comment vas-tu*, j'ajoute des détails d'une
importance capitale comme l'heure à laquelle j'appelle, la raison
de mon appel, comme je n'en ai pas vraiment, je cesse de
parler... je raccroche, je... je pleure, je pense à ma mère, à la
guerre qui s'est installée, à la violence de nos rapports, à la
distance que je suis obligée de mettre pour me protéger de son
amour. Je suis triste. J'ai probablement compris que je devais
renoncer et partir pour de bon vers le large. Je ne veux pas parler
de ma mère.

Il me semble que plus rien ne sera comme avant. Je veux
dire que je ne suis plus en mesure de vivre aucune forme de
soumission émotive, mais de ce fait, j'ignore comment on vit
debout sur ses deux jambes. Car j'ai toujours rampé comme
les serpents. J'ai toujours obéi comme un chien. Je me suis toujours tue comme les carpes. J'ai toujours eu les yeux fermés
comme une taupe. Maintenant que j'ai cassé le moule, maintenant que je suis vivante, j'ignore ce qu'il faut faire, car jamais
encore je n'ai vécu. Car en ce moment je marche, je désobéis à
la loi du contrôle, j'ouvre la bouche, je parle et j'ai les yeux
ouverts. Je suis éveillée comme jamais encore je ne l'ai été. Je
suis devenue péremptoire, dangereuse, j'ai le vocabulaire au

bout des doigts, je parle, ça ne m'était jamais arrivé auparavant. Je dis des choses à ma mère, des mots que jamais encore
je n'avais osé utiliser. Je ne peux plus m'arrêter. Ça déborde.
La colère, la véhémence, la certitude que plus rien ne peut
endiguer ce flot. Les barrières ont cédé, reculez-vous sinon ça
va sauter ! Je veux vivre.

Je parle trop. Seulement il n'y a plus aucun moyen d'arrêter
cette vitalité, cette énergie de vie, ce désir plein de violence, le
désir de vivre. Je vais... renoncer, je renonce à être comprise.
Je continue ma route. J'écris. Il y a quelques jours, un homme
voulait me parler. Le téléphone a fait entendre sa sonnerie durant
la nuit. L'homme a vu de la lumière chez moi, il a dit que cela
l'avait incité à composer mon numéro. Son timbre de voix me
paraissait étranger, mais aussi familier. Je savais que je connaissais cet homme. Il me demandait quand j'allais recommencer à écrire. Je ne disais rien. Je m'étonnais simplement qu'une
voix venue de nulle part, qu'une voix dans la nuit me dise de
recommencer à écrire. Or, donc, voilà, j'écris. Mais je ne sais
plus à qui, je ne sais plus pourquoi, j'obéis simplement à cette
voix, à ce désir, à la vie qui m'appelle et qui m'invite.

J'ai peur de l'inconnu. Je suis une étrangère. J'ai peur de
moi. De ce que je vais dire, des mots trop bruyants qui se mul-
tiplient, du silence qui m'entoure, j'ai peur. Il fait encore si froid
dehors, je n'ose pas sortir. J'habite le présent. Je n'en ai pas
l'habitude et cela me rend un peu mal à l'aise. Cet après-midi,
je vais aller voir un film. Véra viendra peut-être avec moi.
J'adore regarder un film l'après-midi. C'est bouleversant. Ça
me déséquilibre. J'aime m'enfermer dans une salle tandis que
la lumière, excessive, s'étale au dehors. J'adore les contrastes.
J'aime les écrans. Je suis un écran de lucidité. J'ai mal et je
suis bien. Je marche dans la vérité. J'ai peur de moi. Je dois
avoir 23 ans ou presque. Mon ordinateur n'est pas d'accord. Il

émet des sons discordants lorsque j'essaie de cumuler deux fonctions en même temps, l'écriture et la sauvegarde. Je ne veux rien garder, je veux te parler même si je n'écris pas ton nom, je te parle. Toute cette lettre t'est adressée à toi l'inconnu, toi l'homme que je désire et que je ne côtoie plus depuis plusieurs jours.

Nous habitons deux mondes si différents. Toi, tu n'es pas libre. C'est drôle cette idée de dire de quelqu'un qu'il n'est pas libre parce qu'il vit avec une autre personne. Moi, je suis seule. Tu as des enfants. Moi, aucun. Je suis tellement seule. Pourtant, il me semble qu'à travers cette solitude, il y a aussi ta présence. Je suis en train de m'affranchir, de briser mes chaînes. Et, à travers cette libération, cette rupture de liens, tu n'es pas loin, je sais aussi que j'écris le début de notre histoire qui n'est, pour l'instant, qu'imaginaire. Tout à coup le temps avance. Cette lettre que je n'achève toujours pas. Le soleil qui se cache. Le froid qui glace mes fenêtres, les dessins d'enfants, le tracé de forêts imaginaires dans les vitres, tout cela est si givré et me ramène à toi invariablement.

*   *   *

Un après-midi fin décembre, je décide de te suivre. Je vais dans la rue Notre-Dame, je marche vite, il fait froid. Je sais où tu habites. Je veux simplement passer devant chez toi. Comme je m'apprête à le faire, voilà que tu franchis le seuil de ta porte. Tu es avec un enfant. Ni toi ni lui ne me voyez. Tu portes un drôle de chapeau. Le petit, lui, est emmitouflé jusqu'au cou dans un habit de neige. Il semble pris dans une sorte de torpeur, de langueur inusitée par rapport au temps qu'il fait. Tu lui lances des boules de neige. Je me surprends à penser combien il serait doux de recevoir une boule de neige faite de ta main et lancée par toi. Ton fils attend quelque chose, je le vois bien puisqu'il ne bouge pas, il affiche cette forme de patience qu'ont les enfants lorsqu'ils veulent parvenir à leurs fins. Il te tend la main et fixe la rue. Vous commencez à marcher. Je reste de l'autre côté, je suis légèrement en retrait, mais pas trop. Je me répète que c'est le début d'une nouvelle histoire imaginaire. Vous passez devant la confiserie, ton fils te fait signe, mais tu hoches la tête. Je suis presque à votre hauteur. Il fait tellement froid que la fumée des voitures est blanche et opaque. Vous vous acheminez probablement vers votre destination, car voilà que tu accélères le pas, ton fils te suit en courant. Vous entrez au cinéma. Nous allons voir le même film, j'ai donné rendez-vous à Véra il y a une heure. J'entre à mon tour, il y a une file. Véra m'envoie la main. Nous sommes venues voir un film pour enfants. *Mathusalem.* Une odeur de popcorn, de frites et de rhumes en voie de guérison plane autour de nous. Je t'ai perdu dans la foule. J'achète mon billet, je me faufile dans la salle. Véra me conduit, elle a repéré deux places, la salle est comble. Je marche tout en essayant de repérer l'endroit où tu te trouves. Je dépose mon manteau, je respire, tu es dans la même salle que moi. Je ne t'ai pas vu depuis des jours. La musique annonce le début du film. Et là, tout bascule. Je disparais dans l'écran, je deviens le petit qu'on harcèle de questions, je suis le fantôme qui recherche le pardon, ce fantôme parti à la quête de son amour qui dure depuis deux siècles. Je suis aussi le petit écrivain à lunettes qui s'enferme dans les cases pour écrire son roman. Je suis également cette fille qui joue de la guitare. Je deviens l'océan des Tropiques et le villageois cubain qui raconte sa colère dans une langue que je ne comprends pas. Les décors sont fabuleux et on se demande vraiment s'il s'agit d'un film québécois tant on y voyage, tellement on y navigue et à force d'y marcher en pleine brousse, on a vraiment l'impression de se retrouver ailleurs. On ne voit pas de femme déprimée avec des bigoudis ou encore de type mal foutu qui boit sa grosse au coin de la table, c'est à n'y rien comprendre. Vive les films pour enfants !

Une petite fille pose sa main sur ma jambe quand, sur le bateau, le capitaine des pirates est assailli par des voix fantomatiques. Je garde sa main dans la mienne. Véra s'amuse elle aussi. Elle a le visage d'une petite fille espiègle.

J'aime particulièrement la scène où on voit le fantôme se cacher sous une table garnie de victuailles. Le fantôme fait alors la rencontre du petit écrivain et ils entament la conversation. Quand le revenant demande à l'enfant s'il ne craint pas les fantômes, le petit répond qu'il n'a pas peur des êtres différents de lui et qu'il n'est pas raciste, *anyway*.

Je reste jusqu'à la fin du film, jusqu'à ce que le générique soit complètement terminé. Il n'y a plus personne dans la salle. Je sors lentement avec Véra. Dehors, il fait une telle clarté. Toi, tu es apparu et disparu exactement comme un fantôme.

$$* \quad * \quad *$$

Depuis plusieurs jours, j'ai cessé d'écrire. Rien ici ne me permet de désigner ce que je suis en train d'écrire. S'agit-il d'une lettre ? Je crois que seules la longueur indéterminée et la grande incertitude dans tout ce qui s'y dit en appellent à la qualification de journal. Je t'adresse donc ce journal intime. Aujourd'hui, je me suis assise à l'ordinateur avec le goût de te parler. Il me semblait que j'avais tant de choses encore à t'écrire. Une fois totalement attardée à ce journal, je n'ai plus eu rien d'autre à raconter que la lutte que je devais mener chaque jour pour gagner du temps et de l'espace. Ce n'est pas l'envahissement d'une famille ou d'enfants turbulents qui m'empêche de profiter de mes longs moments de tranquillité, ce n'est pas le temps des fêtes ou les sorties que j'accumule ces temps-ci qui m'empêchent d'écrire, c'est, je crois, la trop grande solitude qui me fait suffoquer. Il y a la peur aussi de ne pas savoir te dire ce que je ressens, et puis cette crainte, affolante, de ne plus être en mesure d'aimer un homme. Certains soirs, je me dis que je n'ai jamais su comment. Je me convaincs que toute ma vie n'a été qu'une recherche complète, totale, mais vaine, d'un homme à aimer, la recherche d'un homme dont je me fais une idée vague et pourtant précise et qui n'existe pas. Je dois te dire que j'essaie d'observer froidement le fait que tu m'apparais comme cet homme que je pourrais aimer. Je me dis alors *c'est possible, je peux aimer cet homme.* Mais si tu savais seulement comme je souffre de ne pas pouvoir le faire pour de vrai, mais seulement ici, dans ce cahier imaginaire, devant mon ordinateur, dans mon esprit inventif, dans ma tête, là seulement, et pas vraiment dans la réalité. Je me dis que la plupart des femmes qui m'entourent, la plupart des femmes que je connais ont un homme dans leur vie, j'ignore si elles l'aiment, ça je ne peux pas dire, mais à tout le moins, elles ont un homme dans leur vie. Tandis que moi, je n'ai pas d'autre homme dans ma vie que toi, absent. Je ne suis pas sans entendre les commentaires souvent muets qui défient mon regard : *asexuée, homosexuelle* ou encore j'entends ces questions qui ne sont pas moins blessantes : *de quel mal étrange souffre cette femme ? Qu'est-ce qui ne va donc pas chez elle ?* S'il m'arrive ainsi de ne pas savoir désirer un autre homme que toi, c'est seulement parce qu'il n'y a personne d'autre et comme je ne peux vivre sans aimer, jour après jour, je fabrique l'existence de ce cahier. Tu comprendras donc l'importance capitale de ce journal que je ne veux ni cacher ni brûler ni conserver dans un tiroir en attendant qu'on le découvre ou qu'on le lise, non, tu comprendras que ce cahier, je veux l'écrire jusqu'au bout, jusqu'à la fin, jusqu'à ce qu'il devienne réel et prenne forme. Car c'est la seule façon d'aimer que je connaisse. Je pense que mon incapacité à aimer un homme dans la réalité, cette impuissance peut se comparer à celle des hommes indigents qui se gavent de pornographie : la sexualité n'a pas d'existence pour eux dans la réalité. Des milliers de fois, j'ai jugé ces hommes et les ai condamnés. Je sais aujourd'hui que je suis comme eux, sauf que ma pornographie à moi, ma sexualité imaginaire, c'est ce cahier. Oui je souffre de ne pas pouvoir me retrouver auprès d'un homme que j'aime. Cela me fait mal de ne pas pouvoir me dire je suis une femme qu'un homme aime. Je souffre de cela terriblement et je pense que l'écriture m'a empêchée pendant un long moment de trop en souffrir. Maintenant qu'il n'y a plus que ce cahier, rien que ce cahier, je crois qu'il me faudra le terminer, l'écrire jusqu'au bout afin de découvrir une autre façon d'aimer.

Je n'aime pas mes cheveux courts. Je ressemble à quelqu'un qui n'a pas d'identité sexuelle. Je me ressemble et ça fait terriblement mal. Je connais des filles comme moi. Je connais aussi des garçons. Nous n'avons simplement pas de lieu et cela fait très mal de ne pas en avoir. Je me couche sur le dos. J'essaie de ne pas trop réfléchir. C'est difficile. Véra téléphone. Elle me demande si je veux aller marcher. Il fait froid. Je n'en ai pas envie. Mais je décide d'y aller quand même pour survivre. Pour ne pas rester dans l'état dans lequel je suis présentement. Le chien court dans la neige. Il poursuit deux chevaux qui courent eux aussi. J'appelle mon chien. Les maîtres aussi appellent les chevaux. Mais ni le chien ni les chevaux n'obéissent, ils n'écoutent plus personne, ils profitent de cet instant de liberté, le seul probablement de toute la journée. J'ai envie d'être seule encore une fois. J'ai toujours envie d'être seule et quand je le suis, ça me met dans des états épouvantables, des états proches de la dépression. J'ai aussi envie de boire du vin. Je devrais plutôt préparer le souper. Pourquoi ? Pour qui ? Pour personne d'autre que moi. Je n'en ai pas envie.

J'appelle un ami. Il est seul. Il dit *attends-moi j'arrive.* J'ai de la chance. Il me parle de choses si étrangères à mon entendement que j'en oublie l'état dans lequel je me trouve, je fume une cigarette et puis une deuxième, tandis qu'il me cause d'avionique, de procédés électroniques, je hoche la tête en guise d'acquiescement, je suis une faussaire, une menteuse, je ne comprends rien au langage des hommes, à la mécanique, aux avions et à la communication à distance. Je m'y perds, je n'arrive pas à suivre, je suis un pas derrière, *ramenez-moi quelque part* j'ai envie de crier, *ramenez-moi quelque part !* Au lieu j'écoute, je souris comme si c'était encore possible entre un homme et moi, comme si c'était lui qui devait venir, comme s'il avait toujours été le seul à compter. Je mens. Je simule. Je joue à la cachette. J'écris pour ne pas tomber. Je continue ce cahier et je mange des pretzel pour calmer ma faim, ma peur, ma solitude et mon désir incontrôlé d'amour. Un pretzel, deux pretzel, trois pretzel, une cigarette, deux cigarettes, trois cigarettes... je suis incapable d'arrêter une fois que je commence.

Je ne dors pas. La nuit je me réveille. Je viens ici. J'ouvre l'ordinateur. J'écoute le bruit de sa mise en marche. Cette préparation est à la fois lente et bruyante. J'ai cet ordinateur depuis des années, je l'ai acheté d'occasion. C'est rare que j'achète des choses neuves. Je n'aime pas les choses neuves. J'aime les objets marqués, grafignés, initialisés. J'ignore pourquoi. Je crois que cela me vient de ma mère. Tiens, ma mère... une fois de plus. Je croyais l'avoir laissée au coin de la rue. Quelle belle illusion ! On croit en avoir terminé avec des gens dans la vie, on pense c'est fini, on ne les reverra plus, ils ne nous feront plus souffrir, on ne rampera plus, fini, terminé, puis deux coins de rue plus loin, voilà qu'ils reviennent nous hanter, sourire aux lèvres. Tandis que j'écris cela, mes yeux s'embrouillent. J'essaie de tenir le coup, de rester éveillée, de ne pas sombrer. Pour me prouver que j'existe, je vérifie si mon nom figure dans l'annuaire de l'Union des écrivains. Il y est. J'y trouve aussi le nom d'une amie que j'ai perdue il y a déjà quelques années. Cela doit faire presque quatre ans que notre amitié s'est rompue. Quand je pense à elle, son visage, ses expressions, son rire surtout, d'un seul coup, tout cela me revient. La plupart des écrivains vivent à Montréal ou à Québec. Dans des immeubles à logements. Ils côtoient probablement d'autres artistes : des peintres, des musiciens, des écrivains, ils doivent sûrement discuter dans des cafés, des restaurants-bars et acheter leurs vêtements dans des soldes, ils vont peut-être au cinéma deux fois par semaine ou deux fois par mois, je ne sais pas, les écrivains de Montréal ou de Québec forment des sociétés, des clans, ils ont une vie sociale et culturelle active, l'unique chose qu'ils ont en commun avec moi c'est ce moment précis de plein isolement, le moment où ils se retrouvent implacablement seuls devant leur page blanche, leur cahier, leur ordinateur, leur récit, leur histoire, leur roman, leur poème... seuls eux aussi.

L'autre jour je suis allée à Montréal, j'ai fait plusieurs heures de route pour assister à un lancement. J'y ai rencontré toutes sortes de gens, des personnes extraordinaires, des artistes, je suis même allée manger dans un restaurant avec des filles et un garçon que je venais à peine de rencontrer, j'ai passé une soirée merveilleuse, je flottais, j'avais l'impression de sortir dans le monde des idées et des odeurs, celui des différences et des couleurs, le monde où la vie des livres se construit. En passant dans une ruelle, j'ai redécouvert le mât du stade olympique qui cachait une demi-lune. La vision du stade produit encore le même effet chez moi. Le lendemain en roulant dans ma voiture, je pleurais. Je peux raconter ces choses, les imaginer, les déformer, voilà ce que je fais dans ce cahier qui demeure ma seule activité, ma bouée de sauvetage, et il me colle à la peau comme une prière trop farouche, car c'est devenu l'exercice auquel je ne peux plus me soustraire.

Chez moi, pas de distraction possible dans les cinémas, les soirées mondaines, les restaurants variés, les boutiques de livres et de chandelles odorantes, pas de rencontres fortuites dans les cafés, les regroupements de toutes sortes, les sessions de travail sur le rire, le rêve, le repos, les études sur les pierres, l'astrologie, les clubs de tai chi, de mise en forme, de danse aérobique ou autre.

Ici il y a une route qui traverse le village. Et moi, j'habite du côté gauche de ce village et j'écris dans une maison quelque part. Chez moi, les clous craquent dans les murs l'hiver et ça fait chaque fois une explosion formidable. Il y a mon ordinateur et il y a toi à qui j'écris, toi à qui je pense alors que tu n'es pas là. Je vis ici parce que je sais depuis longtemps que peu importe l'endroit où un écrivain se trouve, sa vérité le poursuit toutes les nuits. Je vis ici parce que j'y gagne ma vie. Je me dis aussi que je la perds peut-être. J'ai une seule amie, Véra. Les autres, je crois, font semblant d'être mes amis. À l'endroit où je gagne ma vie, j'ai deux passions : mon travail et puis toi. Souvent je me demande ce qui me retient ici. Ce n'est pas la maison. Je pourrais la vendre demain matin. Ce qui me retient, c'est toi et puis mon travail. Je me dis qu'ailleurs il n'y a pas ce travail, il n'y a pas toi et puis il n'y a pas Véra. Ce sont les seules choses qui comptent pour moi. J'ignore le nom de cette folie qui me pousse à t'écrire et à t'aimer, cela appartient, j'en suis consciente, à mon imaginaire. Non, je n'en ai pas parlé au docteur. Oui, docteur, je dois vous avouer que j'aime un homme qui n'est pas libre. Tous les jours, je cherche à fuir et m'en trouve incapable. Je ne peux rien quitter avant d'avoir terminé ce cahier. Je ne parviens pas à écrire aujourd'hui. Il y a toujours un événement qui m'empêche de le faire. Le téléphone sonne. On cogne à la porte. Le chien s'énerve. Moi aussi.

* * *

Je hais sortir, voir des gens. Parler ou m'exprimer me demande toujours un effort, mais je m'y contrains pour trouver la force de rester seule et d'écrire. J'ai noté cette phrase sur une feuille il y a plusieurs nuits. Je jette la feuille et je retranscris la phrase dans ce cahier tout en la modifiant légèrement. Je ne cesse de modifier, de changer, de recommencer, de reprendre, j'ai du mal à terminer quoi que ce soit. Cette lettre en est un exemple flagrant. D'ailleurs, je ne sais plus au juste ce que je suis en train d'écrire, j'ignore s'il s'agit d'une lettre, d'une histoire, d'une sorte de journal intime ou les trois à la fois. C'est de cette façon que j'aime écrire. Je n'aime pas beaucoup raconter une histoire linéaire avec un début, un milieu et une fin. Pourtant j'adore les histoires, j'aime aussi qu'on m'en raconte et c'est là, je crois, tout le problème.

Il était une fois une femme qui habitait une maison dans une région perdue. Elle n'avait qu'une seule amie, mais c'était la meilleure qu'elle pouvait avoir. Elle voulait parler à un homme, mais les événements ne s'y prêtaient pas, elle lui écrivait. Cet homme ne savait rien de ce qu'elle lui racontait, rien du tout. À cause de cela, je crois, elle pouvait écrire plus facilement tout ce qu'elle voulait. Elle lui parlait du temps qui passait, de la neige qui l'empêchait de sortir, car depuis plusieurs jours, il neigeait et la femme laissait la neige s'accumuler dans la cour pour ne plus avoir à sortir. Les journées où elle restait à l'intérieur pour ramasser, nettoyer, déplacer, ranger, épousseter, repasser, ces journées étaient rondes, parfaites, ces jours où la

117

neige balayait les fenêtres, s'empilait dans la cour, ces jours-là, où elle pouvait enfin écrire, ressemblaient au bonheur.

Puis au printemps, la neige vint à disparaître. La femme ne pouvait pas vivre toute sa vie, confinée à l'intérieur, elle devait réapprendre à sortir, à voyager, à déplacer son corps vers l'extérieur, à parler à voix haute, à demander, à séduire pour obtenir, à se faufiler dans la première rangée, à regarder son interlocuteur dans les yeux, à dire bonjour, surtout cela, à dire bonjour à l'homme qu'elle aimait lorsqu'elle le rencontrerait dans les couloirs. Cette éventualité lui paraissait si improbable, si lointaine, il neigeait tellement dehors que cette femme pensait, elle pensait *la neige finira par tout effacer*. Voilà ce en quoi elle se trompait. Car elle se préparait tout simplement à revoir cet homme puisque de toute évidence, ils allaient de nouveau se rencontrer. Seulement il y avait encore tant à faire pour ranger l'intérieur de sa maison, pour soigner de vieilles blessures, pour s'accommoder d'anciennes ruptures, pour refaire les ponts entre les endroits où l'âme avait cédé ; aussi croyait-elle vraiment que seule la neige pouvait ainsi tout effacer. Cette femme savait que cette histoire était à suivre et elle la suivait pas à pas.

Un soir, elle n'eut plus rien à écrire dans son cahier. Elle crut alors qu'elle en avait terminé avec cette histoire. Elle se trompait. Après plusieurs semaines d'absence, lorsqu'ils se virent de nouveau, ils furent étonnés de constater que les événements auxquels ils s'étaient attendu leur avaient joué un tour ; ils ne les avaient pas prévus de cette manière. Il la rencontra dans un restaurant et ne la reconnut pas tout de suite. Elle n'eut pas le temps de fuir ou de le poursuivre, car déjà elle sentait le souffle de quelqu'un dans son cou ; il attendait derrière elle sans savoir que cette femme devant lui, c'était elle. Ils se dirent bonjour, rien d'autre. Pendant des années cette histoire allait se poursuivre. Ils allaient se rencontrer, mais n'oseraient pas s'aventurer plus loin. Ils se croiseraient ainsi jusqu'à ce que le cercle se brise.

Pour cette raison je crois, il me faudra intervenir dans cette histoire. Je devrai inventer un événement ou un fait inattendu pour qu'il se produise autre chose que rien du tout. Car comment cette histoire peut-elle avancer ou progresser si je ne l'écris pas d'abord dans ce cahier ? Pour l'instant, j'en suis réduite à te raconter les menus faits de la journée, des faits sans importance qui appartiennent à la vie quotidienne. Je bois au moins deux tasses de café le matin avant de commencer à écrire. J'essaie de penser à ce que je vais dire, je trouve plein de choses, des centaines d'idées qui se perdent une fois que je me retrouve devant l'écran. J'écris alors quelques phrases, de celles qui me viennent à l'esprit quand je me sens vivre ou de celles qui se sont insinuées dans mon esprit la nuit. Quel qu'en soit le caractère anodin, je me dis *cela a son importance, écris*. Quand j'ai fait le tour d'une idée, quand vraiment il n'y a plus rien à en dire, je me lève et cela m'est difficile, car le vide apparaît ; la question qui vient alors m'affole *qu'est-ce que je vais faire maintenant ?* Je trouve un morceau de tissu que j'enroule autour d'un store vertical, j'essaie de créer une forme quelconque. Je déplace deux meubles. Je prends un bain. J'écoute distraitement de la musique. On sonne à la porte. Une voisine me demande de lui passer une chemise noire. Je suis en colère, je sors de la salle de bains, je fouille dans la garde-robe et j'en sors une chemise noire, je la fous dans un sac, le cintre craque, la femme tente d'engager la conversation, mon visage doit être mauvais, la femme s'acharne pourtant à être gentille, elle parle sans arrêt pour me montrer qu'elle ne voit rien du tout de ma colère, je déteste faire semblant quand je n'en ai pas envie, je déteste ma chemise noire et le remords que j'éprouve quand j'affiche ouvertement ma frustration. Le remords. Quel drôle de mot. Je pense à la femme, à l'impossible qu'elle tente pour se faire aimer, à ses monologues interminables et je me dis que ce cahier est aussi une sorte de long monologue interminable. Alors tant pis pour la femme. Tant pis pour moi et peut-être un peu tant pis pour toi qui ne me liras pas si je ne t'envoie pas cette lettre, ce cahier... toute cette histoire que je fabrique à ton sujet.

À cause de ma colère, je ne suis plus capable d'écrire. J'arrête. À cause du téléphone qui sonne, je ne trouve plus rien à dire. Alors j'arrête de nouveau. À cause du chien qui jappe, mon cœur fait plusieurs tours sur lui-même et je n'ose plus, je n'ose plus rien avouer de ce que je ressens.

Je vis des états émotifs d'une instabilité redoutable. J'en suis presque fière. C'est faux. Ça m'atterre royalement. Pas moyen de prévoir quoi que ce soit, colère, joie, déception, frustration, peine, compassion, amitié, tendresse, affolement, emballement, tout cela peut surgir sans crier gare et pas forcément dans cet ordre. Je combats. Je m'oblige à sortir. Même s'il fait tempête. Je marche dehors, je marche dans la neige, j'ai peine à avancer, mon chien tire sur sa laisse, tout le monde me dit *tu dois le dompter*, le chien tire de plus en plus fort, il tire de toutes ses forces pour avancer, *tu dois le dompter* ils disent, comme si je n'en avais pas déjà la moindre idée. Véra marche avec moi. Nous marchons pendant des kilomètres dans la neige. Qu'il pleuve, qu'il neige, qu'il grêle, Véra et moi, nous marchons toujours ensemble. Nous combattons côte à côte le temps, la dépression, la sottise humaine, la parole souvent inutile. Nous allons jusqu'à l'église. Nous sommes un lundi soir, sept heures. Dans la chapelle, un prêtre dit la messe. Ça dure à peine quinze petites minutes. Crois-le ou non. Je m'assois tranquillement dans un banc. J'écoute. Je murmure les paroles moi aussi. Crois-le ou non, je voudrais prier. Je te jure que je voudrais trouver les mots pour prier. Je fais partie du monde moderne, d'un cercle d'intellectuels qui admet fort mal ces choses, mais je te le dis à toi, ce soir, je voudrais prier dans cette église. Je n'y arrive pas. Un jour un homme m'a dit *tu as de la chance d'avoir la foi*. Il m'apprenait une certitude que j'ignorais porter et dont je m'étais toujours défendue.

Les gens qui ont la foi en témoignent par leur façon de vivre. Pas besoin de mots ou de cérémonie. Quand je dis cela, je pense à Léonard, à sa façon de prendre soin des chevreuils, à sa manière d'appeler son chien, à la façon même d'enlever la neige qui s'accumule dans l'entrée. Léonard n'a pas besoin de dire *Jésus est vivant parmi nous*. Quand je l'observe travailler le matin, je sais que cet esprit est vivant, qu'il vibre sous l'écorce de Léonard.

J'évite de voir les jours passer, mais je sais que l'instant de notre prochaine rencontre approche. Peut-être qu'à ce moment, je saurais terminer cette longue lettre, ce soliloque qui t'évite depuis le début. Peut-être que nous parlerons de nouveau pendant des heures. Peut-être... Chaque jour que j'écris, une histoire se rapproche de nous. Je sais que je fabrique quelque chose, un événement, une histoire, mais je ne sais pas très bien quoi au juste. Je te reverrai.

De nouveau, il fait très froid. Je me suis levée tôt ce matin. Incapable de dormir. Je ferme les yeux. Je suis fatiguée. Je continue de t'écrire les yeux fermés. Tant pis pour les erreurs. Je me relirai plus tard. J'aime écrire de cette façon. Je suis obligée de faire confiance à mes doigts, à la direction de mon âme qui emprunte directement le chemin de mes doigts. J'ai terriblement envie de dormir. Il est à peine huit heures trente du matin. Je suis debout depuis au moins trois heures. Je me suis bercée, j'ai pensé à des milliers de choses, j'ai joué du piano et j'ai recommencé à faire des exercices d'assouplissement. J'aime jouer du piano. Là aussi, je demande à mes doigts de projeter le mystère de mon âme. Quand je laisse aller mes mains et que je ne cherche plus à retenir le moindre secret, la musique ou l'écriture apparaît toujours. Il me suffit simplement d'abandonner.

Je pense souvent à Véra. À ses yeux du 31 décembre au soir lorsque je me suis retournée vers elle. Son regard m'a saisie. J'y ai lu un mélange de désir et de tendresse, cela m'a troublée. Quand j'écris cela, je me dis que ces mots pourraient très bien sortir de la pensée d'un homme. Je n'aime pas cela. À vrai dire, cela m'embarrasse de parler de Véra maintenant. Je ne me comprends plus. J'aimerais bien que tu arrives bientôt quelque part dans mon histoire personnelle.

*   *   *

Plusieurs jours ont passé. J'ai attendu de te revoir avant de reprendre l'écriture de cette lettre. J'avais quelques scénarios en tête. Aucun d'eux ne s'est présenté comme prévu. Je t'ai revu aujourd'hui. Je marchais dans le couloir et j'ai jeté un coup d'œil sur ta porte pour voir si elle était ouverte. C'est une habitude que j'ai prise, je vérifie toujours. Dès que j'ai tourné les talons dans le passage, je lève les yeux, fixe la poignée ; si elle n'apparaît pas dans cet angle de vision, c'est que ta porte est ouverte, tu te trouves dans ton bureau. Je feins de ne pas m'en apercevoir. Je fais demi-tour. J'ai peur de moi tout à coup, peur de mes talons qui font du bruit. Je me sauve...

Quand je reviens sur mes pas, je constate que tu parles avec des filles dans le couloir. Quelque chose en moi ne résiste pas. Je lance un bonjour que je m'étonne d'entendre aussi enthousiaste. Je vois tes beaux yeux qui rient. Je passe rapidement. J'attends quelques minutes et m'affaire à quelque activité. Puis, de nouveau, je retourne dans le couloir dans l'espoir de t'y revoir. Mes talons claquent, mes pantalons flottent autour de moi, ce n'est qu'une impression, je sais. Tu viens vers moi. Tes yeux. Je les vois brusquement dans la lumière de cet après-midi de janvier. Ils sont gris, presque transparents. De petites rides se forment autour de tes yeux, c'est la première fois que je vois des lignes aussi joyeuses chez un homme. Tu es plus beau encore que je ne t'ai imaginé pendant cette longue absence. Tu as maigri.

Je me tiens droite à tes côtés, il me semble que je suis grande avec mes talons, je me sens habiter un corps imposant et ce corps-là, que je le veuille ou non, c'est le mien. Nous parlons ensemble et, crois-moi, si je me rappelle mal notre conversation, je me souviens par contre de ta venue vers moi et de cette chaleur dans la voix quand tu m'as dit que tu reconnaissais mon pas dans le couloir. Je sais que ça peut te sembler contradictoire, mais parfois, je suis heureuse sans trop bien m'en rendre compte.

*   *   *

Je crois bien que je ne t'enverrai jamais cette lettre. Peu à peu s'est affermie en moi la certitude que cette démesure de ma part ne trouverait aucun écho. Cette assurance s'est installée, confortablement, s'est creusée un espace réservé à l'intimité de cette écriture, de ce journal inachevé. Ce midi, tu as laissé la porte de ton bureau ouverte. Je n'ai pas réfléchi. Je suis allée te rejoindre. Puis voilà, je t'ai demandé une cigarette. J'étais nerveuse. J'ai d'abord souri, oui, je crois bien que j'ai dû sourire, puis je me suis assise. Mais pas tout de suite. Je suis restée sur le seuil. Tu m'as tiré une chaise, puis tu as eu peur du temps, tu as jeté un coup d'œil sur ta montre, *quinze minutes* tu as dit, *nous avons quinze minutes, après je dois y aller*. Et nous nous sommes mis à parler, beaucoup, très vite, nous avons installé cet écran de mots, sorte de surface lisse et polie sur laquelle nos esprits pouvaient glisser sans risque de se briser. En même temps ce mur, c'était notre seul contact. J'aurais aimé me taire, ne rien dire, te regarder simplement, écouter ta parole, l'entendre. Au lieu de quoi, je parlais, moi aussi, pour camoufler mon malaise, mon embarras, ma certitude que tu tentais de te soustraire à quelque manège naïf de ma part. Tu te défendais contre toi-même et non contre mes pauvres astuces.

Tu as peur. Tout à coup, cela me semble évident. Pour la première fois, je vois que tu es un homme qui a peur de la beauté des femmes, de celles qui pourraient te soumettre à ce désir irremplaçable, unique, celui qui t'arracherait toutes tes nuits et tes rêves. Tu te défends. Je te regarde et souris, je ne dis plus rien maintenant, à quoi bon ? Je me lève, je vois que les quinze minutes sont passées, il faut que je me sauve, je n'ai plus qu'une envie maintenant, partir en vitesse. Je te dis *au revoir* et ma voix me paraît si étrange, presque fausse. Je suis soulagée. Ce soulagement, je le sais, n'est qu'éphémère. Car nous n'y échapperons pas. Bien sûr, je ne t'enverrai pas cette lettre et toi, mon bel amour imaginaire, tu prendras soin de verrouiller ta porte. Peine perdue. Je continuerai de te dire bonjour avec cet étrange sourire, j'éviterai de rentrer dans ton bureau à l'improviste et je croirai en avoir terminé pour de bon avec cette histoire. Toi, tu t'esquiveras rapidement à ma vue. La plupart de tes obligations et de tes activités te tiendront occupé, très affairé, presque heureux, tu croiras certainement *je m'en suis tiré*. Tout cela, nous le ferons pour rien. Car, crois-moi, mon amour, nous n'allons pas pouvoir y échapper. Il est tard, il est déjà très tard et j'attends que tu reviennes. Je suis triste d'avoir à renoncer à ce journal ; il faudra m'y résoudre pourtant. D'ailleurs, il est préférable que tu n'en connaisses nullement l'existence, car lorsque ces événements se produiront entre nous, lorsqu'il n'y aura plus de mur, plus aucun endroit où fuir, lorsqu'il n'y aura plus que toi et moi, je le sais maintenant, jamais tu ne croiras en mon innocence.

ACHEVÉ D'IMPRIMER
EN SEPTEMBRE 1996
À L'IMPRIMERIE D'ÉDITION MARQUIS
MONTMAGNY, CANADA